作家日常

王聰威 著

好評推薦

這是一本文筆暢達而含蘊幽默的隨筆集。王聰威以小說家的敘事策略以及細膩觀察，側寫作家，刻畫入微，而又能在簡筆中勾勒不同作家的個性，凸顯其文學風格，筆下形象，生動活潑，躍然紙上；談論文學場域，則以近身經驗，暢談當代台灣文壇生態，道盡作家名利場上的甘苦，讓人笑中帶淚；寫日常瑣碎，又能曲筆婉書，於隨意中畫得瀟灑，在嬉笑中閃爍人生智慧。

這是一本融新鮮和柔美於一爐而又兼具幸福感的書，唯酣暢淋漓庶幾近之。

——向陽（詩人）

大小姐李昂？廖鴻基敷面膜？作家名利場？……

做為一個工作性質十分接近的同業，我必須說：王聰威，你有種！

——宇文正（聯合報副刊主任）

這是一本完完全全的作家完全手冊。絕對推薦！

——李取中（《The Big Issue 大誌雜誌》總編輯）

一本優雅的「八卦」隨筆。寫身邊的作家，乍看之下都是小事、小情，但，再深入些，就隱約露出八卦璇璣，可是因為寫來如此優雅，成了點到為止的情趣，留下想像空間，王聰威掌握此一線之隔，化腐朽為神奇，工夫尤其可見。由小處看大，是往後研究作家們的機關一點靈。

這更是一本作家的教戰守則，從稿費談到名利，生活談到作品，小咖談到大作家。想寫作、想成為作家、想瞭解作家的人，必看、深度地看、認真的看、用力的看……

我喜歡讀閑書，還好寫雜文，常被認為不務正業，然張愛玲不正是祖師爺。很高興的發現，年輕一代作家中，王聰威真是個中好手，吾道不孤也。

——李昂（作家）

時而想起高雄的旗津及哈瑪星，喜歡那南都夜酒及海味，波光舷燈的港灣；其實是王聰威小說一再喚起我青春年代的行踏記憶。

小說能手早具風格已然定位如是，竟然蛻身「二刀流」合集各專欄的散文？王聰威主舵《聯合文學》卷前語絕妙，那是玫瑰和匕首的合體，冷熱和莊諧之間，致意文學的斷代史。

自承心儀村上春樹卻別於村上而獨有「王聰威體」的不馴美質，明白的《作家日常》其實並不尋常；閱人觀物皆秀異於向來散文的感思紀實，建構一座多寶格，如此亮麗的青春！

——林文義（作家）

新世代作家中，我較熟悉王聰威的文字，但是對他的創作路數卻不熟悉。寫完《濱線女兒》後，他又寫了《師身》，完全是兩種風格的小說。兩部作品並置在一起，就可以知道他跨越的幅度之廣。現在這本《作家日常》，又是另一個變貌。他寫出同時代作家不為人知的一面，正因坐在編輯那個位置，使他清楚看見別人所不見。日後文壇的傳說，也許在他文字裡可以找到蛛絲馬跡。他的散文沒有身段，沒有姿態，沒有矯情，卻富有韻味。他很懷舊，也很煽情，又很會搞笑，就是這些特質，使我不能不多看他一眼。

——陳芳明（作家．政治大學台灣文學研究所教授）

聽威的作品總是令人期待，《作家日常》收錄了他記人、述事、評書的小品文章，讀起來不僅莞爾又富有對生活的情感梳理，不禁嘆呼：聽威你冷面笑匠的外表下，內心可住著一個頑皮的小男孩呀！

——陳怡蓁（趨勢科技文化長）

《作家日常》體現了聽威於日常時刻的文化境遇和想像，是散文、筆記，其實也像小說；詼諧之中，隨點隨撥，載人紀事，入其內又出其外。其道雖小，大有可觀焉。

——許悔之（詩人．有鹿文化總經理兼總編輯）

聽威好會寫書與人的因緣、以及我們看不到的作家日常面向，當初「那些作家教我的事」專欄在 OKAPI 進行期間，我每個禮拜都好期待收到稿子。

——郭上嘉（博客來 OKAPI 網站編輯）

外表沉靜，內心澎湃，這是我有限認知的王聰威，讀這部散文集以前，我心裡想，他的文章風格大概也是如此吧。果然，社會現象、生活點滴、作家身影、文學脈絡以及文學圈生態，在聰威眼下、筆下，彷如魔杖揮過，繁複的也變透明了，緊張的都變好玩了。聰威這部散文集根本是想告訴大家，寫作也可以這麼輕鬆、這樣愉快。

——廖鴻基（作家）

（依姓氏筆畫排列）

目次

「輯一　那些作家教我的事」

輯四　略讀生活

「輯一
那些作家教我的事」

笑點很低的陳芳明：「我是所長，不用去參加開學典禮！」

陳芳明的笑點很低。

我第一次見到他，是在開卷十大好書的頒獎典禮上，但就只是遠遠看他而已，那可是陳芳明，怎麼樣跟我這種小輩也不會有關係。第二次見到他，則是在台北故事館，他要主持我和吳明益的朗讀會。我和他早到了，主辦人把我們兩個安排在附設的咖啡館裡，面對面坐著。

「你要吃什麼？」陳芳明老師說。

「呃……那個，德國豬腳好了。」

「那我要吃雞腿。」

講完那句話之後，在餐點端上來之前，我個人立刻陷入一片死寂，那時我還沒到聯合文學任職，因此完全不認識本人，兩個人一點公私交集都沒有，就算從腸子裡挖挖看，也挖不出來任何共同話題。他問了問我是什麼學校畢業的，現在在做什麼，然後誇獎了一下我的新書寫得很好，連他太太都很愛看，他也在報紙上寫了推薦。他大概看我的表情相當不自在，甚至還親切地問了我結婚的事情。「怎麼辦！」我一邊必恭必敬地說謝謝，一邊心裡想：「對面坐的可是那個陳芳明，看起來就是非常嚴肅的樣子，我要是隨便亂說話的話，一定會被當作蠢蛋的，以後也別想在這圈子裡混下去了。」就這樣，直到那個活動結束之前，我一直處於高度「尊敬」的警戒狀態，等到我坐上捷運才從那狀態裡恢復過來。

從此之後，我一見到他，就會自然而然保持戒慎恐懼的模樣。這當然是因為我非常尊敬他的關係，而且如果直視他的眼神，會發現裡頭總是透露著一種強悍、不由分說的壓制力，但是一方面，不知道是從何時或是何處開始，整個情況卻變得有點歪掉了，像是以下這樣：

某次我們談完合約一類的正經事之後，芳明老師說：「我要開始寫小說了。」

「我聽說了，老師。」我說，「但真的，你不要寫，別來搶我的飯碗。」

「反正我要寫的是左營的故事，又不會寫到旗津和哈瑪星。」

「整個高雄我都要寫。」

「哪有這樣的，不行，左營我要寫。」

「好吧，那我要寫旗津、哈瑪星和鹽埕埔，左營就讓給你了。」

「好的，謝謝你。哈哈哈哈哈哈……」

這到底是怎麼回事？我雖然以擅說渾話在友儕間見長，但卻敢沒大沒小到這個地步，而他居然也相當配合地笑個不停。

上個月，我跟芳明老師去北京參加兩岸青年文學會議。因為他實在太受歡迎了，總是一大堆中國學者圍著他，我沒什麼機會跟他說話。某天晚上吃完東來順，聽說有幾個作家要去他的旅館房間續攤喝酒，我也跟著混去。一進房間，向陽老師就在一旁起鬨要我講個笑話來給大家聽。我很快想起一個超簡單的沒大腦網路笑話：

小明的媽媽叫小明起床，小明賴在床上說：「我不想去學校。」

媽媽說：「為什麼？」

「因為同學不喜歡我，老師也討厭我，所以我不想去！」

「怎麼可以這樣，今天是開學典禮耶！」媽媽說，「而且你是校長，怎麼可以不去！」

我講完的一瞬間，不騙您，芳明老師立刻爆笑出來！（而且他有多愛這個笑話呢？

第二天一早，他還捉著會議的工作人員，把這笑話又講了一遍。）正當我得意洋洋，覺得自己把氣氛炒得很熱的時候，鍾文音老師忽然對著他說：「小明？那是在說你嗎？同學不喜歡你，老師也討厭你。」

「完了！」我的腦中一片慘白，眼睛無法視物，「文音老師您小姐的反應也太快了吧！而且為什麼網路上不寫小華，偏偏要寫小明啊！」

「哈哈哈哈哈哈哈哈……」芳明老師大笑說，「我是所長，又不是校長，所以不用去參加開學典禮啦。」

回到台灣，在桃園機場等著提領行李時，我和他站在一起，繼續開著沒什麼腦子的玩笑。他一邊打簡訊一邊說行李這麼慢，一定是因為我們不是坐商務艙的關係，所以行李故意要慢一點給我們。然後我就搭腔說，對啊，坐商務艙的人領了行李之後，還會特別回頭看看我們的行李是不是出來了，要是太快出來，他們會覺得很沒面子。

「哈哈哈哈哈哈……」芳明老師又笑個不停。

我看著他，心想也許正因為他是個笑點這麼低，對任何事物都懷抱寬闊理解與諒解的人，才能夠先熬過身在異鄉無法回國的黑名單歲月，等到回來之後仍然衝勁十足地一一達成學術與創作的驚人成就。這個月，他窮盡心力寫就的《台灣新文學史》總算出版了，（老天啊，總算。）在可以預見的未來裡，我們幾乎不可能再見到另一本同樣等級與規模的台灣文學史著作。但我私自認為，或許未來總是會有人寫出另一本台灣文學史，然而芳明老師對台灣文學發展所抱持的樂觀心態，強調此刻的台灣文學正是集合了華人文學所有精華，無論語言、技巧、題材，充滿著最強能量的歷史觀，這才是最令人著迷的魄力之處。當然，必然會有人不同意這樣的歷史觀，正因為這樣，這才是只有陳芳明能教給我們的東西。

一個笑點低的人能夠完成的巨大事情，真是難以想像啊……我要學起來！

神仙向陽：「第一要睡飽，第二要有目標。」

向陽是神仙。

雖然他每年都會來聯合文學巡迴文藝營擔任新詩組的導師，我常常有機會遇見他，但其實很少有機會跟他說到話。他不是在忙文藝營的事情，要不然就是在睡覺，呃……或者是我以為他坐在沙發上，就等於是在睡覺，我搞不太清楚，因為他是瞇瞇眼。有機會說話的時候，當然不用說，有關於詩的事情他什麼都知道，他可是向陽啊，他的詩被收入課本，被李泰祥編成歌，至少有七部碩士論文以他的詩作為研究主題，他是年紀輕輕就擁有巨大詩名的詩人，是八〇年代最新潮的詩刊《陽光小集》的發行人，當過大報的總編輯，現在又是國立大學的教授，編撰過無數文學選輯、評論集，然後又很會打電動玩具和玩臉書，（去年文藝營期間三不五時就用休息室的電腦，上臉書去照顧水族箱，看有沒有人送寶物給他）

所以有關詩的事情他什麼都知道沒什麼了不起的。我覺得他最了不起的地方，簡單來說就是，他是神仙。

我們一起去了西藏旅行，就是李昂姊揪的那一團。因為非常擔心高山症的關係，所以絕大部分的團員都準備了充足的藥品。忙碌的神仙向陽當然沒空去理這檔事，我不記得他是不是在機場被迫吃了一顆半顆的，才上了西藏高原，但總之等到我們登上五千多公尺的山地，他居然跟大家宣布：「你們看，我跟王聰威最厲害了，都不用吃藥，也沒問題。」

我不好意思地打槍：「老師，其實我有吃啦！」

他轉頭看著我，一臉不敢置信的樣子。

「你都沒吃藥，晚上不會睡不好嗎？」我有點膽顫心驚地問，因為幾乎沒人睡得好，一晚總是要醒來好幾次。

「我很好睡，一點問題也沒有，一覺到天亮。有人在旁邊看電視講電話聊天，我都照睡。」

這還不是最令人驚訝的神蹟展現，某天某人買了顯然不太新鮮的紅油抄手跟大家分享，所有吃的人幾乎都拉了肚子，唯有向陽自己一人把一整碗抄手全部吃光抹淨，而且一點事情也沒有，照樣背著他的書包，戴著他的紅白雙色小呢帽悠哉游哉地在含氧量只有平地百分之六十八的西藏高原上閒晃。

然後，最神奇的事情來了！在參觀雪頓節曬大佛的登山途中，我們一團十餘人，幾乎全陷在令人窒息的二十萬人潮如逃難般的擁擠與生死關頭之中，神仙向陽拉住了本來也快陷進人肉磨坊的郭強生，「別進去。」他輕聲地說，於是兩個人從人潮中溜出來，站得遠遠的，輕輕鬆鬆抽菸聊天，直到人潮鬆解，他們才像乘著雲彩一般，一路超前我們飛上山頂，後來下山時又找到一條穿越哲蚌寺的無人石階小道，一邊散步拍照一邊跟和尚聊天，就像只是去街角買份報紙一般悠閒地回到集合地點，其他人面臨的那些可怕擁擠與迷路下山全身泥灰的慘事，與他毫不相關。

最後一日，在離開拉薩的機場等待行李托運時，我忍不住問他，「為什麼你總是能夠這麼瀟灑自在，好像沒什麼事會讓你緊張焦慮？」

神仙向陽頭戴紅帽，改背新買的喇嘛袋，手上抱著一幅藏紋門簾和一本《從唐卡看西藏歷史》一類的書，（所有人在八角街集中精神買項鍊或佛像的時候，只有他不知道從哪裡找來這些玩意兒。）他看著我說：「只有兩點。第一，一定要睡飽。」所以能坐就不要站，能躺就不要坐，「不管要做什麼事情，只有睡飽才會有精神做。」

我一個勁地點頭，這簡直是禪宗的頓悟開示！

「第二，要有目標。」

這個我就有點不太懂，我說：「老師，那雪頓節那天，你一起床決定的目標是什麼呢？」

「走路。」神仙向陽說，「能走到什麼程度，就走到什麼程度。你做雜誌也一樣，只要達成你設定的目標就好了，其他人怎麼想，都沒有關係。」

我一聽，淚水已在腦殼裡翻滾，這就是向陽教我的事，我想，也只有神仙才能毫無掛礙地說出這樣的話吧。

旅外作家R君：「我的稿費最低是一字五元。」

今天完全要談錢，非常非常俗氣喔！

在我寫出足以讓人稱呼我為作家的作品之前，我花了很長的時間做一個文字工作者。退伍之前，我就立志要以寫作為生，不管寫什麼東西都好，在別的地方寫過了，我的第一份工作就是當兵等退伍，某天假期還躺在床上鬼混時，接到了袁哲生打來的電話，老實說，當他說：「我是袁哲生。」時，我一時之間根本想不起來他是誰。「來幫我們的新雜誌寫稿子吧。」他說。新雜誌就是《FHM》，這時我才想起來他就是以〈送行〉這篇令人困惑的散文式小說，得了時報文學獎首獎的那位，那都是我唸大學二年級的事情了，而且那時候我還覺得寫這什麼玩意兒。總之，一心想成為文字工作者的我，壓根也不曉得《FHM》是什麼鬼，一口氣便答應了這差事，那麼總算進入正題了，也就是每個文字工作者一定會遇到的現實問題：「請問稿費怎麼算？」能夠讓我從高雄搬到台北過日子嗎？

若是身為一位以將文章發表在各大報紙副刊與純正文學雜誌為己任的正統派作家，當你年輕的時候，絕對不敢這樣開口問編輯「請問稿費怎麼算？」但是做為一位想靠文字工作謀生的我來說，怎麼可能不在乎這件事呢？在我當文字工作者的歷程裡，我為許多雜誌、電子報、網站寫稿，內容包括採訪大小牌明星、名人、專家學者、各種行業的平凡人，撰寫專題企劃、小方塊、書評、藝評等等，絕大部份的稿費都是每字一到一．五元之間，唯有一個例外是《ＦＨＭ》，由於我的稿件品質優良效果好，而且是每月寫最多字數的寫手，所以袁哲生將我的稿費從每字一．五元一路提拔到三元，這也是當年《ＦＨＭ》給的最高稿費標準。不過話雖如此，當時最好賺的卻是寫房地產文案與生命契約廣告，寫一則文案，合計幾十個字，就有上千元的收入，只要稿源充足，收入反而比我剛當編輯時收入要高上許多。不久，我去了《美麗佳人》雜誌負責報導組的工作，這本廣告收入豐厚又擁有廣大讀者的國際時尚雜誌給寫手的稿費，也不過是每字一元至二元之間而已，這就是當年一般文字工作者的行情價，既不多也不少。但是某次，我所經手的單元要找一位知名旅外作家R君寫一篇文章，談談他所居住的城市樣貌。他說：「我的稿費最低是一字五元，別的地方跟我邀稿更貴。」我知道，對一位好作家來說，這樣的稿費一點也沒問題，但我不能自己就答應他一下子從一元飛跳到五元啊！我誠惶誠恐地跟主管報告，沒想到她考慮了一會兒後，居然答應了這價錢。我感到非常震驚，這樣一本嚴格控制預算與考量收益的流行雜誌，會願意給一個作家每字五元的稿費，我的眼淚都快流下來了。當時的我（錯過了報紙黃金時代的我）其實不太曉得，當一個作家拿到每字五元的稿費時有什麼感覺？我那時不是作家，只是一個拿過每字三元的普通寫手而已。作家們如何看待稿費這件事呢？還是得等我變成了作家與文學編輯之後，才能深刻體會。

很不好意思跟大家報告，任何少數有付稿費的文學刊物，每字稿費都是一元起跳，絕對不會超過二元，所以要靠寫作投稿刊物來謀生是絕對不可能的，反過來說，會願意將作品發表在文學刊物上的作家，也幾乎不太關心實際上能拿到多少錢這件事。但是，還是有作家會要求拿更高的稿費，像是由一元提升到一．五元，好吧，比方說我們邀請他寫一篇兩千字的文章，那麼他就能多拿到一千元這麼多。為什麼呢？我才不相信一位聲名卓著，而且其實有良好正職工作的作家，會為了多賺一千元，而特別跟編輯提出這樣的要求。

我問了一位同輩作家，為什麼非得要多這〇．五元呢？這讓負責報帳的編輯很困擾啊！

「因為我是×××啊！」他說，「不能只拿一元吧。」

其實他的意思是說，這〇．五元與錢本身無關，而是一個分野，藉著〇．五元的差別，或是像出書時版稅率百分之十與百分之十一的差別一樣，這是用來在這個小小的競爭場域裡，區別自己與其他同僚受重視的高低程度，跟當一個文字工作者會斤斤計較每字稿費多少完全不同——對後者來說，這關乎自己能不能順利生活下去，會不會下個月付不出房租？朋友這樣想，我完全同意，一方面我覺得文學這一行既沒名也沒利可圖，一方面卻還是有點虛榮心，希望被文學刊物、報紙副刊肯定，即使只有〇．五元的差別也足夠了。

話說回來，那位當年我在《美麗佳人》邀稿，拿了每字五元稿費的作家R君，某次也將稿件寄來了《聯合文學》，我想起這件事，編輯問我說那怎麼辦，「我們可付不起每字五元的稿費啊！」

非常遺憾，我們也只能支付每字一元的稿費，奇妙的是，他也慷慨地答應了。這該怎麼說呢？我從這裡學到了，作家們真的是非常可愛，願意體恤文學刊物的經營困難，降低價碼。當然，我們也實在太虧待作家了，以至於害大家要以〇・五元來做區分標準，而且也不得不分裂成不一樣的個性，實在很抱歉。

大小姐李昂：「別告訴大家，我怕他們會擔心。」

我第一次親眼見到李昂是在某次的聯合文學巡迴文藝營。我那時剛跟朋友組成文學團體「小說家讀者 6P」，連第一本小說集都還沒出版，誰也不認識我，只是去文藝營擔任晚會活動的主持人。我記得很清楚，當時天色已經昏暗，空氣中飄蕩著塵煙，我們 6P 正要走入會場，忽然間從右前方的階梯上出現一個矮小人影下樓來，人影後面跟著數人，傳出一陣嘩啦啦的對談人聲。當那人影一下子從煙塵與夜色當中現身時，走在最前頭的我幾乎就要直接撞上了，是的，那就是李昂。

我永遠記得她的表情細緻變換，雖然只有幾秒鐘，但我從頭到尾死死地盯著她，像是看到什麼不可思議的事物。那一瞬間周遭聲音泯滅，她緊閉嘴唇看著我，一張素顏既沒笑也沒發怒，我聽見我背後的朋友一起在叫：「李昂老師好！」她聽見了，於是從我的頭殼看穿過去，露出一絲絲像是抹在白色石灰岩上的微笑，微微點了點頭，然後周遭聲音恢復吵雜，她和那一群人沙拉拉地從僵硬如木乃伊的我的身邊晃走了。

明明只是個矮小瘦弱的女人而已，可是與她擦身而過的那幾秒鐘，我卻連呼吸都感到困難，像被地雷爆炸的震波所壓制。我完全嚇壞了，「那可是那個李昂啊！」心裡明明這樣地叫著，可是嘴巴裡卻連一句問候語也講不出來，而且我居然就這樣瞪大眼睛盯著她瞧，一副「嘿，就算妳是李昂也該認識我」的樣子。

她一走過，我立刻捉住旁邊的朋友，「那是李昂沒錯吧。」

「是啊，怎麼了？」

「怎麼辦，我都沒有跟她打招呼！怎麼辦，她是不是覺得我是個沒禮貌的死小孩！不然怎麼看起來很兇，不太甩人似的。」

「哪有。」朋友說，「是你自己神經過敏吧。」

寫這篇專欄文章的時候，我剛剛與李昂以及一群作家從西藏旅行回來。這趟旅行即由李昂揪團，出發前從行程表、辦證件、看旅行門診到要帶什麼衣服，我都一直寫信煩她，到了機場她怕有人忘記帶預防高山症的藥品，特別多準備救急的份量，並且自掏腰包細心買好贈送接待者的禮物。出發後，雖然沿途都有當地導遊、友人相伴，也住在相當好的飯店，但仍然是趟辛苦的旅程。除了應付高山症的威脅，每天都必須五、六點起床，天色仍黑暗之時，就得趕赴十幾個小時車程，或者登山健行的旅途。連我這種算得上是壯年的傢伙都覺得受不了，那一路自稱「本大小姐只適合穿得美美的，坐在高級飯店享受下午茶」的李昂，怎麼可能撐得住呢？結果，大小姐李昂一邊跟著大伙兒喊累，睡覺沒睡好什麼的，一邊卻能在荒山野地裡幫我跟攤販殺價買紀念品，然後在雪頓節當天，她還能跟著如逃難般洶湧人群衝上哲蚌寺山頂看曬唐卡。而我呢，只走到半山腰就被可怕的人潮給嚇壞了，不敢再往上爬，偷偷下山溜掉了。

經過轟轟烈烈生死交關的主要行程之後，有一天早晨，跟她同房的室友，也就是我太太跟我說：「姊姊說她今天不吃早餐，我問她要不要請餐廳另外準備，帶在車上吃，她說好。」

「是不是爬不起來？」我說，「也難怪，這幾天都太早了。」

「嗯……姊姊要我跟大家說她只是爬不起來。」我太太考慮了一會兒，小聲地說，「但其實她是人不太舒服，晚上咳得很厲害。喂，你別說出去喔！」

「為什麼？」我有點驚訝。

「她說：『別告訴大家，我怕他們會擔心，這樣會玩得不開心。』」

於是我想起第一次親眼見到她的情景，心裡有沉甸甸的後悔，那時要是能好好地跟她問候就好了。

這就是大小姐李昂教我的事。

閃光人夫林文義：「恭喜啊，要發帖子給我喔！」

到聯合文學工作之前，我雖然已經出版了幾本小說，得了些獎，不過跟所謂的「文壇」還是非常的陌生，跟真正成名的作家相隔的距離大約有幾光年之遙遠，他們不認識我，我也跟他們見不到人，說不上話。（除了我的前主管袁哲生之外）不是只有我這樣，絕大部分與我同輩的作家或是年紀更小一些的創作者都差不多，即使參與的文學活動較以前多了一些，但要真的想和喜歡的作者多點來往，恐怕比網路交友還要虛擬。我自己的個性彆扭又內向，本來朋友就很少，看到心儀作家只會說：「老師，我真的好喜歡你的那個這個。」這樣說完就不知道要說什麼，也讓我在這個圈子裡的人際狀況更糟糕。

某次，尚未到任工作的我應邀參加一個聯合文學舉辦的晚宴，席中有王文興、鄭愁予等等文學名家，可想而知初出茅廬的我有多麼緊張，以至於人家叫我站起來說兩句話時，我居然說：「因為年紀小的關係，在場只有我有資格稱呼所有人老師。」就在所有人一臉愕然苦笑的時候，我厚臉皮地繼續說：「我以前都抄鄭愁予老師的情詩去追女生。」我這人到底是怎麼回事，為什麼不會講兩句場面話，乖乖坐好喝紅酒就好了呢？

說完後，我深感挫折地坐回椅子上，坐在我右手邊的鄭愁予老師與師母很體諒地舉杯向我敬酒。坐在我左手邊的是素未謀面的林文義老師，（當然，他在電視上當名嘴時很紅，我媽就是他的粉絲）他側過身來說：「聰威啊，你的小說寫的真的很棒喔，要加油。我以前去高雄……」可想而知，後面他講了什麼我完全記不得了，只記得前面讓我樂陶陶的那兩句。然後他問我，「你結婚了嗎？」

「啊，那個，下個月要結婚了。」我說。

「太好了，恭喜啊，要發帖子給我喔。」他拿出名片，「來，我的地址是這個，一定要寄給我喔。」

當時我頭殼一陣混亂，心裡不禁有點懷疑，「老師您也太會說客氣話了吧，我們才初次見面，要發了帖子，您真的會來嗎？」

結果，他是我唯一敢發喜帖叨擾的作家，而林文義老師與夫人曾郁雯老師，則成了唯二參加我的婚禮的前輩作家，於是除了我和妻子之外，我媽也非常非常開心。

二〇一一年八月，我主持了林文義與曾郁雯的聯合新書發表會。特別是林文義在歷經四十年波濤壯闊的創作生涯之後，願意將最重要也最具時代性意義的大散文《遺事八帖》交給我出版，他知道，我也知道，這對一家以純文學出版為職志的出版社是具有多大的意義。雖然主持這場新書發表會是我的工作，不過卻與平常主持其他發表會或座談會不同，我在會場時心裡有著滿滿的感謝。

這感謝其實與出版這些事情無關，而是他們夫妻給我個人的溫暖。婚禮之後，我正式進入聯合文學工作，因為什麼大作家也不認識，每天就是打電話一一問安，或者寫電郵邀稿，這當中自然有很多酸甜苦辣，有的老師願意牽成，有的老師沒空理我。所以我心裡有時會想，像林文義這種等級的作家，雖然來參加了我的婚禮，也只是禮尚往來的人際應酬而已吧。但並不是這樣的，在我每天緊張與焦慮的狀況裡，他總是不厭其煩地寫真正的手寫信、寫明信片、發簡訊、打電話給我、邀我去旅行，甚至還請我去家裡吃飯，（當然是郁雯姊煮的，非常精緻的宴客料理）反過來對我什麼私人的要求都沒有，只是讚美我哪些事情做得很棒，哪些事情可以加點油去做。當他們夫妻從國外旅行回來，也總是立刻告訴我，他們去了哪些好玩的地方，有些什麼感想。話說回來，這輩子除了歷任女朋友之外，還沒有人寫那麼多信給我就是了。所以我對林文義的由衷感謝，並不在於彼此之間工作上的短暫權利與義務，而是在於我知道，這種溫暖的情感，是自然而然願意付出愛護與耐心鍾鍊的長久情誼，同時我也覺得正因為他是這樣的人，所以才能夠寫出像《遺事八帖》這樣，無論是什麼題材，描寫什麼時空背景，令人不可能去懷疑其中真摯坦率的人情世故。這是他教給我最重要的事，可惜啊，我至今還沒有學會。

另外還有一件事，我也沒學好。

在《遺事八帖》裡，文義大哥頻頻誇獎愛妻郁雯姊的美麗賢慧，若是以網路用語來說，這就是所謂的閃光文吧！我很少在華人散文裡讀到這麼坦白親熱，對老婆大人的讚美，嗯……抱歉了老婆，我這邊，也同樣不好意思寫出來啊！

美男子許悔之：「明天記得要簽約喔！」

我很早以前就認識許悔之，不過我想他大概不太記得了。那是我還在唸研究所的時候，我第一次見到他，在《自由時報》副刊的編輯部，當年仍然相當年輕的他已經是主編了。那時，有位素未謀面的學姊也在那裡工作，時常鼓勵我投稿，我不知道稿件用不用最後是誰決定的，但我的運氣很好，有段時間幾乎每兩個星期就會刊出我的作品，有時是頭題，有時是長長短短的方塊。那時有多早呢，甚至連袁哲生都還沒去那裡當編輯呢。

有一次，學姊問我去不去編輯部看看，順便領稿費。我去了，學姊一見到我，第一句話便說：「你本人長得跟文章真是不像啊。」我想我知道她指的是什麼。然後，她帶我去見悔之大哥。我非常緊張，這是我第一次到報社編輯部，居然馬上就要見主編了，而且我年少的時候也寫詩，只大我六歲的「許悔之」這三個字對我和寫詩的同儕來說，跟那些遠在天邊缺乏溫度的大師不同，比較像是往前跨一步就有可能碰觸到的星星，但實際上卻過於滾燙，而無法接近。

見到他的第一眼，我真的是倒吸一口氣地不敢說話，我本來就聽說他是個相當帥氣的美男子，可能也見過照片，但親眼看見時仍然非常驚訝，男人居然可以俊美如此。他坐在辦公桌前，白皙的娃娃臉上，眉頭微微地鎖著，有點不合乎年紀似的，可能正盯著一份稿子或文件感到困擾，那表情，恐怕讓周圍的空氣也都一併感到困擾了。削瘦的身上穿著白色T恤和黑色阿曼尼西裝外套，（品牌上純粹是用推測的，我那時候並不懂）有種所有事物的邊緣都剛剛磨利的感覺，幾乎會割傷他自己的肌膚。學姊一介紹我，他就站起來跟我握手，誇我寫得很好，要多寫投給他們。雖然被誇獎很開心，但我想基本上是很客套的說法。接著，他忽然想到什麼似的，一下子走掉了。

後來再見到悔之大哥，他已經是聯合文學總編輯。我則是當完兵，出社會工作，和寫作的朋友組了「小說家讀者」到處鬼混了一陣子。因為許榮哲在《聯合文學》雜誌任職的關係，我比較有機會在上頭寫稿子，也有機會去他們的尾牙吃飯，雖然是這樣，還是跟悔之大哥相當生疏。我當時很幸運地在印刻出版了第一本短篇小說集，不過就跟所有新人作家一樣，在不甚成功的起步之後，若還想再繼續出版新作，反而變得更加困難，就像被人看破手腳，連初生之犢不畏虎的新鮮感也沒了。我那時也剛得到國藝會長篇小說補助，正在寫作《濱線女兒》，雖然「委婉地提醒」了一些出版社，但沒人有興趣，連說一聲「稿子先給我們看看」也沒有。要說會感到挫折嗎？是有那麼一點，因為我的年輕作家朋友只要拿到這項補助，幾乎都在第一時間就被出版社訂走了。

有一次，我忘了什麼原因，悔之大哥請了我們幾位「小說家讀者」的成員在人間餐廳吃飯。席間，大家聊到了這個補助的事情，不知道是誰說了：「聽威的那本還沒人簽喔！」

「真的嗎？那給我們出啊！」坐在大圓桌對面的悔之大哥這麼說。

雖然聽到他這樣說很開心，但我想基本上這也是很客套的說法。

「可以在聯合文學出書耶，應該要很開心吧！」坐在我身邊的朋友發現我並沒有十分興奮的表情。同樣的，就跟我第一次在《自由時報》見到他一樣，他說了這客套話之後，忽然說他臨時有事，跟大家道歉之後就匆匆地先離開了。

沒多久，留下來陪我們繼續用餐的一位聯合文學編輯的手機響了，她站起身走到一邊，「嗯嗯嗯」地嘟囔了幾聲，「好的，我知道了。」掛掉電話。

「聰威。」她走回位子坐下，笑著說：「悔之要我記得明天準備好契約給你簽，可以嗎？」

朋友們立刻爆出一陣歡呼，「你看吧！」有人這麼喊，「人家還特別打電話回來耶！」雖然程度遠遠比不上《海賊王》那樣熱血沸騰，但我想已經相當接近《庶務二課》的程度了。

如今，我正是因為短短的半年內在聯合文學出版了《複島》與《濱線女兒》兩本書得到肯定，所以才有幸接了悔之大哥的棒子到聯合文學任職。等到真正跟他做一樣的事情時，也才體會到當時他做這樣的決定時，會面臨什麼樣的實質困難或內心掙扎。（不過，也許他那時根本不覺得有什麼困難或掙扎吧）現在，當我想簽下某位年輕寫作者的作品時，我都會想想我當時的感覺，以及我該怎麼做，才能像悔之大哥一樣，讓他們同樣感到可以出書的興奮與熱血，最好的是，未來也能讓他們發現，這一刻正是漫漫寫作人生的轉捩點。

最後附帶一提，我什麼時候才知道阿曼尼這個品牌呢？我在袁哲生手下做事時，某次他說了個笑話，有一天中午吃飯時間下大雨，當時身為自由副刊菜鳥編輯的哲生和主編悔之大哥在外頭被困住了。哲生說：「那個，我們就衝回去吧！」悔之大哥看著他，簡單地說：「我穿的是阿曼尼。」就是這樣，我才知道阿曼尼是什麼東西。

冰山袁哲生：「十比一才是真正的味道。」

一開始先講點完全私人觀點不負責任的超小型文學史。

現在最紅的五年級作家是駱以軍大哥，這是無庸置疑的事情吧，去年以《西夏旅館》成為台灣第一位拿下紅樓夢文學獎的作家之後，更奠定了他在五年級以降作家群中遙遙領先地位。因為駱以軍複雜的文字變形技術，加上將現實生活徹底改造成怪異世界的風格實在太強悍了，所以大受年輕創作者的歡迎，你常常可以在文學獎競賽裡，看到所謂「駱腔」的作品，（依我個人的淺薄觀察，他大概是一九九〇年代的村上春樹之後，二〇〇〇年新世紀開始，最多人模仿投稿比賽的作家了。）許多新銳作家，也扎實地受了他的影響，而被論者歸類為「駱派」作家。

同樣依我個人淺薄觀察，還有一位五年級作家在新世紀展開時，無論是在文學獎場域或是形成新的文學潮流上，也一度影響了不少年輕寫作者，像是童偉格、甘耀明、高翊峰，還有我，論者常將我們歸類為「新鄉土」作家。這位作家叫袁哲生，他最厲害的小說是以冷靜觀察的寫實筆觸，描寫在地活潑與充滿感動的鄉土人情。他自己常常掛在嘴上的，將他這樣的風格定位為跟海明威相近的「冰山理論」，也就是作家想說的事情，只能以文字顯露出明白清楚的十分之一給讀者看，其他想說的十分之九要沉在小說的微言大義裡，讀者明明知道有更重大而具殺傷力的內容在那裡，但卻只能隱隱約約地感受那氣息。跟駱以軍相較，簡直是站在如玻璃般平滑的對立面那一邊，兩人堪稱是五年級作家雙璧，但是很遺憾，袁哲生已於二〇〇四年過世了，許多比我更年輕的文學愛好者已經不認識他了。因為我曾經跟他有同事之誼，那段期間相當親密，所以我私心地想，（對不起）要是他還活著的話，至少會跟駱以軍大哥一樣紅。

完全私人觀點不負責任的超小型文學史到此結束。

如上所說，袁哲生教我最多的事，自然是寫作，不只是寫小說還有寫各式各樣的專題文章、圖說、採訪稿等等，我對雜誌類型寫作的能力與敏感度，幾乎全部是他教我的。不過，還有一件事情是他教我的，而且我每天都要做的，可以說是與我的生活息息相關不可分割，那就是抽捲菸。（吸菸過量有害健康，謝謝）跟我一樣，從他那邊學到抽捲菸的還有高翊峰，我們三個人那時一起在《FHM》工作，袁哲生是老大，我們兩個是嘍囉，只要一有空三個人就會躲到樓梯間抽菸，然後說很多八卦，有時候一天下來，抽菸的時間大概比正常上班時間還多，不得已只好繼續加班到半夜，總之一邊上班一邊和親密的同事鬼混，非常快樂的時光。

我從唸研究所開始就有抽菸的習慣，第一次看到袁哲生抽捲菸時，覺得原來抽菸可以這麼有個性與獨特氣質，像是私人的手工作品一樣，每一根捲菸都有不同的重量、鬆緊手感，菸紙上有清晰的手作痕跡，每一根捲菸都反映捲菸者不同的心情與想法。急著跟同伴去抽菸的時候，菸絲鋪得不均勻，菸捲起來鬆鬆垮垮的，一捏一咬容易扁掉，有些菸絲會粗糙地露在菸嘴外頭，必須捏斷丟回菸袋裡，有種豪爽的快意。有時間慢慢捲菸時，菸絲份量捏得恰到好處，在菸紙上也鋪得均勻，雙手捏著兩邊慢慢輕輕地捲，（我們是不用捲菸器的，那是菜鳥才用的東西）一點也不慌亂，自己抽用舌頭一舔黏上，給別人抽的話，就隨手用小指尖沾點桌上的水、茶或酒，塗上紙膠處，頗有隨遇而安的瀟灑心境。菸捲起來又圓又實，但又不會太緊沒辦法抽，就跟完成一件完美的工藝品似的。

除了手技之外，如何調配菸絲的味道也是一門學問。同樣是袁哲生教的，我們以捲菸專用的原味菸絲和帶有各式濃烈香氣（香草、熱帶水果、威士忌、杏仁等等）的菸斗菸草混合調配，那時青春正盛的我，喜歡用一比一的方式調配，也就是一包捲菸菸絲就混一包菸斗菸草，抽起來香氣十足，滿室芬芳，即使大剌剌地抽菸，也頗受女生歡迎。但是每一次我聞袁哲生抽的捲菸，總覺得沒什麼香味。我問他是如何調配的呢？

「一份菸草，十份菸絲，全部放在一個桶子裡混合。」他說，「這抽起來才有真正的味道。」

我沒問他，這樣的調配方式，是不是跟他的冰山式寫作風格有關呢？因為從比例上來看也實在太接近了，所以我自己猜想是有關吧，其實也就是說，這跟他整個人的風格是一致的吧，我所能懂得的他，也只有十分之一這麼少，想來真是惋惜啊。現在的我，也逐漸改變我的菸絲調配比例了，目前為止是一：五的狀態，總算到了他的一半，但是今年啊，我的人生已經到達他去世的年紀了，因此再怎麼說，就菸絲調配比例的品味來說，我是永遠也趕不上他了。

媒體大哥大J君：「我們一上桌，就會自己先敬一輪。」

本篇全部要講喝酒的事情，所以得先說一句：「飲酒過量，有礙健康。」

我在我這一輩的作家裡，有一件事情相當有名，可能也是唯一有名的，那就是很能喝酒。據說過去許多文壇前輩都以善飲敢飲著稱，還組織了酒黨，黨主席為曾永義老師，下屬副主席數人一類的。我和其中數人喝過，老師們都紛紛以年紀大了，酒量不勝以往而相當節制，不過隱隱然還是能從他們口中，感覺到過去拚酒的全盛時期。但是我的朋友卻絕大多數不菸不酒，過著良好健康的規律生活，只有小說家高翊峰和導演李志薔是少數能跟我一起盡興的菸酒好友，另外聽說小說家胡淑雯也頗有酒名，但目前為止還沒與她喝過，暫時不便評論。（已約好等她最新長篇小說完成，要一起喝一杯）更慘的是，七年級年輕作家們簡直是保健室阿姨政令宣導的最佳典範，從未聽說有任何不良嗜好。（截稿前消息！周末在高翊峰新書活動之後的薑母鴨慶功宴上，一位七年級女作家當場吐了三次，另一位七年級男作家醉倒摔破眼鏡送急診縫了好幾針。好樣的，孩子們，你們總算跟上進度了！）

請想像一下，你與我一起去參加一場文壇人士的應酬宴會，首先送上桌的，一定是絕大多數作家都愛喝的紅酒，倘若這是聯合文學舉辦的餐宴，那麼多半會是熟識的酒商朋友所提供的阿根廷紅酒，不同的文學單位都有較常來往的酒商，品牌選擇自然有所不同。紅酒潤口之後，接著你會看見，鄭愁予老師愛不釋手金門高粱，楊牧老師獨鍾台灣啤酒，陳育虹老師自家調配的精釀紹興好喝到舌頭想泡在裡頭游泳，而不知道去過幾次蘇格蘭酒廠訪問的高翊峰，則無庸置疑是威士忌專家。很可惜的是，我個人並未從這些前輩朋友身上學到喝酒的風範與個性，也嚴重缺乏品味，來者不拒什麼都喝，也不挑牌子，去金門喝高粱，去馬祖喝紅麴老酒，去西藏喝青稞酒，去四川喝五糧液，去宜蘭喝金雞酒，其他什麼茅台、紹興、啤酒、清酒、威士忌、白蘭地、苦艾酒、龍舌蘭等等，只要敢倒進我的杯子的，我就敢乾杯。結果這下子自作孽不可活，跟我喝過酒的作家每次在餐會上見到我，不是向朋友介紹我寫過什麼小說或是擔任什麼職位，開頭第一句話總是說：

「嘿！這個很會喝喔！」你可以想見，接下來會有多慘。

雖然沒學到品味，但有件喝酒事宜我確實是從資深媒體人與評論家J君那裡學來的。在一次晚宴上，在座十餘人全是大我兩代的大作家或大學者，他們聊起了過去誓不兩立的《中國時報》與《聯合報》記者們在火鍋店相遇拚酒，鍋碗拳腳齊飛的盛況，很快話題轉到現在的年輕人喝酒不只沒膽量，也沒禮貌。

我忘了是誰說：「現在和公司的年輕人吃飯，他們都不會主動跟主管敬酒，還是我先跟他們敬酒耶。但是呢，他們居然還敢跟我說不會喝酒！」

從上述兩大報系其中之一出身的J君接著說：「對啊，哪像我們年輕時一上桌，就會自己先敬一輪再說。」然後他便深具期待之意地看著我。

我二話不說，立刻舉起酒杯敬他，乾掉杯中的威士忌。是的，接下來我便向所有人一一敬酒，敬一人就乾一杯。經此一役，同時也因為後來奉行跟前輩喝酒得先敬一輪的「規矩」，讓許多作家老師對我十分疼愛照顧，一有機會就幫我宣傳我很能喝。這就是媒體大哥大J君教我的事，但既然都寫到這頭上了，我還是要藉此機會鄭重澄清：「我真的不是很能喝，只是有點愛喝而已。」嗯……這算有澄清到嗎？

硬漢廖鴻基：「因為有塑化劑，所以沒教堂！」

二〇一一年五月號的《聯合文學》做了「海明威逝世五十周年紀念專輯」大受好評，大概是因為其他文學雜誌已經很少注意外國經典作家到底值不值得紀念的關係，不過，我對這次專輯還是有點遺憾。我做類似外國作家的主題時，喜歡結合台灣同類型作家一併介紹或邀請撰文，但是和編輯，也是小說家黃崇凱再怎麼想，就是想不出來有誰和海明威一樣，算得上是「硬漢作家」。現在檯面上的作家，應該沒人打過仗、鬥過牛、海釣馬林魚、去非洲獵獅子老虎或打拳擊，出身蘭嶼的海人夏曼．藍波安老師是我一下子想起來，最接近硬漢作家的典型，可惜來不及約到他的稿子。

至於這次要寫的廖鴻基大哥，坦白說，當時完全沒從腦子裡浮現出來。剛剛認識他時，我知道他曾是貨真價實的漁人，漂泊的海上男兒，所以心裡幻想他一定是個大口灌酒吃魚，喜歡用「語助詞」大聲說話，日夜作息不正常，半夜可能會去哪裡匪類的豪爽男人。當然不是這樣，幾年來和他一起參加巡迴文藝營，總是看他斯文溫柔又隨和，說話客氣簡短，聲音輕得跟沙灘吸進海水一樣，做什麼事情都顯得非常節制，早睡早起，備課翔實認真，上課絕不遲到早退，大概是最不需要工作人員操心提醒的老師之一。（你無法想像要請某些老師一早起床是多麼艱難的任務）當我們一堆人在嘩啦嘩啦亂扯一通的時候，他只是靜靜地坐在旁邊微笑，不太說話，只喝一點點的紅酒，有時候真不知道他是不是委屈了自己的個性，盡量配合一些不得不的應酬活動。於是我又假裝自己是年老的奇幻戰爭史家一樣，在心裡嘆氣，「唉呀，鴻基大哥大概是離漁人的搏鬥遠了，也變得比較習慣陸地人的和平生活了吧。不怪他，不怪他。」既然是這樣的話，他自然也就不可能榮列「硬漢作家」的行列。

我錯了，對不起，鴻基大哥。

這個與海明威一樣，真正在大海上獵殺過巨大旗魚（馬林魚就是旗魚的一種）的男人也和我一起去了西藏旅行，這次我才發現，那被我偷偷歸類為「陸地人」的和平個性，使得他在四、五千公尺的西藏高原上，成為不折不扣的硬漢。首先，由於高原症狀幾乎所有人都睡不好覺的夜晚，他是少數繼續奉行早睡早起一覺好眠的人，（另一個是向陽老師）據他自己說，他連在漁船頂上，只靠腳勾著欄杆，全身被狂風巨浪泡著時，也能照睡無誤。清晨起床就元氣十足，從第一天到最後一天，所有人都累得人仰馬翻之際，我從來沒看他在任何時刻顯露出疲勞的模樣，在任何地方都能跑能跳。其次，能睡就能吃，因為怕適應不良拉肚子的關係，我會盡可能少吃東西，可是偷偷觀察鴻基大哥，他每一餐都很扎實地將食物吃進去，無論藏菜川菜，既不挑食，吃的份量也相當充足，就跟在平地無異，旅行結束時，我還不死心地問他這一趟有沒有拉肚子。（絕大部份的人都有喔！）

「沒有。」他輕鬆地說。

已經五十幾歲的他，居然還能將身體狀況調整到如此強悍堅實的地步，也就因此，旅行這一路上李昂老師都是由鴻基大哥負責保護，尤其是進攻哲蚌寺雪頓節一役，（請參考〈大小姐李昂〉那篇）在那洶湧足以致命的擁擠人潮中（不是被擠昏就是會被擠到斷崖下面去），他一隻手緊緊挽住李昂老師，拖著她不被人潮衝散，另一隻手握拳弓起，以肘臂往前頂猛力開路，最後他們成了唯一始終沒有失散，一起攻上山頂親眼見到曬唐卡的雙人組。

一路上不太說話，僅僅受眾人之邀，講了一個「因為有塑化劑，所以沒教堂。」（請用台語發音）的冷笑話的鴻基大哥，對這段經歷並沒多說，後來被我煩得受不了了，才透露上述情節。如此「省話」正是硬漢應有的品格，這也跟海明威本人的寫作風格與筆下角色一樣——這些硬漢經歷過的殘酷事情，是我們平凡人不懂的啊。

「要不是你的話，李昂老師一個人一定上不去。」我像要掩飾自己沒攻上山頂的無能般說，「還好有你帶她上去。」

「剛好相反。」鴻基大哥說，「如果沒有李昂帶我，我也上不去。」

這才是看過大風大浪，真正透澈人生的智慧話語吧。

既強悍又溫柔，這就是硬漢廖鴻基教我的事。

小說家讀者：「文學是從今天開始，我們做出來那樣！」

這次的文章有些前情提要的必要。

我想可以這麼說，本文與二〇一一年十一月號《聯合文學》的〈編輯室報告〉彼此之間有光與影的關係。因為〈編輯室報告〉再怎麼說都代表了《聯合文學》這本雜誌的立場，雖然隨不同的總編輯撰文有不同的風格與取材方向，不過總之要傳達的內容還是以普遍性的價值觀為主。那麼既然有普遍性價值觀如此強烈的光芒，自然就有從人世間篩落下來的清晰陰影，而強烈的光芒所有人均可分享，但陰影卻只屬於自己，這次的文章就是要寫〈編輯室報告〉裡沒法寫的部份，你可以自行在網路上查一下全文，否則以下有小小前情提要：

不久前，我坐在「極端自私——七年級作家新典律論壇」的觀眾席，一邊聽著台上七年級作家講話，一邊在心裡嘖嘖地搖頭，「不行，說實話，真的不行。」論壇結束之後，各方討論的焦點集中在「世代論」是不是有效？「極端自私」是不是七年級作家的共同風格？網路是不是影響了新一代的創作？然後，還有至高無上的哲學式質疑，「你的終極關懷」是什麼？但不是這樣的，使我感到「這樣不行」的是：很可惜，他們實在太害羞了，以至於錯失了告訴台下粉絲未來的文學是什麼的機會。我期盼看到他們能與過去的文學價值、知識傳統，面對面地遭遇、辯論甚至樹敵、背叛、起義，真希望能聽到他們有一種截然不同的說法，什麼「終極關懷」、「網路世代」、「極端自私」這些全是老人才會關心的事情了……如果到現在居然還奢求六年級、五年級、四年級、三年級作家去告訴大家未來的文學要關懷什麼，未來的文學要討論什麼命題，那對講台下的眾多粉絲來說，他們也未免太可憐了。

就像在〈編輯室報告〉裡說的一樣，我的期盼太自以為是了，因為我自己也做不到很沒用，不過，借用《諾曼地大空降》影集裡一位二戰老兵受訪時說的話：「爺爺不是英雄，但爺爺曾經跟英雄一起奮戰。」我雖然做不到，但是我和兩位曾經做到的作家朋友一起奮戰過。

二〇〇三年五月，我和許榮哲、高翊峰、李志薔、甘耀明、李崇建幾個文壇菜鳥組成了「小說家讀者」這個文學團體，（隔年加入伊格言與張耀仁）一開始是在明日報新聞台開站，舉辦了兩個網路活動，一個是「來篇屌小說」，一個是「本月猛讀書」，透過固定徵文與網路讀書會的形式，扎下了穩固的讀者基礎，甚至發掘了更年輕的作家，像是黃崇凱與洪茲盈，從未寫過小說的他們的第一篇小說，都是投給了「小說家讀者」。我們之後也在《星報》、《中國時報》、《聯合文學》、《野葡萄文學生活誌》撰寫各類搞怪專欄，還有發起現在想起來也很奇妙的文學活動，像是把小說印在摩斯漢堡的餐盤紙上、快閃行動、輪流坐在金石堂的櫥窗裡寫作給過路人看一類的。正因為看起來都不是太正經，也跟文學本身無關的事情，所以當時被各方人士用各種難聽而且人身攻擊式的話罵過，現在請去Google一下，都還找得到，除了當兵之外，我的人格沒被羞辱過這麼慘。

雖然一開始是我跟翊峰提議，我們應該組個團體來創造一個新的潮流，但實際上組成之後，榮哲和翊峰才是真正的發動機兼靈感來源，上述的那些活動與專欄大都是由他們兩人策劃或發想，然後所有人共同討論執行的。榮哲是首先將這個團體的方向定為「中間文學」的人，也就是在通俗文學與純文學中間，發展出更能讓讀者參與的寫作風格。他也是「文學不是我們以前想像那樣，也不會是我們未來想像那樣，而是從今天開始，我們做出來那樣！」這段團體宣言的發言人，在他主編之下的《聯合文學》更展現了截然不同的活潑樣貌，幾乎是對台灣文學雜誌取材與編輯傳統的徹底背叛，或許你無法想像，當時，在那樣一本具有世代傳承意義的文學雜誌裡要這麼做，必須頂住多少壓力，要被許多人罵成什麼樣子，樹立多少敵人。

同一時間，翊峰主編的全新雜誌《野葡萄文學誌》，則採取了類似日本《達文西》閱讀情報誌的編輯方針，從第一頁到最後一頁，想像力豐富的專題企劃，加上強烈色彩與美術編排，直接顛覆掉台灣所有文學或閱讀雜誌的可能性。另外，他在雜誌裡策劃了「搶救文壇新秀大作戰」，由「小說家讀者」執行，在什麼「星光大道」、「超級偶像」這類選秀節目出現之前，這個活動就已經是以從海選到有專門評審培養新秀進步的相同方式，選出最後的優勝者，並且奉上出版合約，直接出書。然後，「搶救文壇新秀大作戰」的核心理念在榮哲的催生與長期主持之下，更進一步變成了龐大的文藝營，今年已舉辦第六屆，明年第七屆已經開始招生。我想，你也一定無法想像，一個起初由八位文壇菜鳥組成的文學團體，策劃出第一屆在高中教室裡舉辦，只有一天時間的小營隊，如今居然能夠發展出一個正正式式收費招生，三天兩夜，食宿完善，規模僅次於聯合文學巡迴文藝營與印刻文學營的第三大營隊。如今許多頗有名氣的七年級作家，像是朱宥勳、神小風、謝曉昀等等，都是出身於「搶救」系統。

所有「小說家讀者」做過的事情，都是有成有敗，有的非常厲害，到現在誰也做不出來，有的自然蠢得一塌糊塗，一點用也沒有。事實上事情做了歸做了，大家的想法或理念也不一定一致，而如今對當時提出來的主張或做事方式，我個人也不是每個都喜歡，所以像是我編的雜誌，對待年輕寫作者的方式，就跟榮哲和翊峰很不一樣。但是，我非常非常榮幸，曾經與他們一起奮戰過，讓長輩和討厭我們的人罵過，也讓喜歡我們的人愛過，這就是榮哲和翊峰，以及「小說家讀者」教我的事。

不過，過去的也就過去了，那是我們當時的理想與做法，完全不足以做為給七年級作家什麼教訓，當然也不代表未來的文學樣貌，我心裡只是想，真的，光是害羞實在不行，還是要給不懂未來是什麼的人一點衝擊。嗯，「文學不是我們以前想像那樣，也不會是我們未來想像那樣，而是從今天開始，我們做出來那樣！」

這句話應該還適用於七年級作家以第一人稱發言，如果願意的話，請不吝收下。

（拜託，別還我了！）

年輕創作者巴哈君：「獲得文學創作補助的都是靠人脈！」

在我短短而微不足道，到目前為止的創作生涯裡，二〇〇八年《複島》與《濱線女兒——哈瑪星思戀起》的出版佔了十分重要的地位。正因為這兩本書受到了讀者與評論者的注目，所以我才有機會被大家視為小說家，也才有機會能去聯合文學任職。對我來說，就好像一組電燈開關一樣，一切開之後，環繞我周圍世界的可見度從方圓十公尺擴展成了五十公尺左右。這兩本書共同的特點是書寫高雄港灣城鎮以及我父母的家族故事，但還有一個共通點，那就是這兩本書都是獲得了補助案的作品：《複島》是高雄文學創作獎助計畫，《濱線女兒》則是國藝會長篇小說創作專案補助，而這兩年我也去了高雄文化局和國藝會當評審，所以這次想談談有關的事情。要事先說明的是，這完全是我個人的經驗，跟其他參賽者、受補助者與評審的想法與態度完全無關。

首先，類似的文學補助案現在當然不少，比較有名的，除了我自己得過的那兩個之外，還有我曾經被刷掉兩次的台北文學年金獎助計畫和國藝會每年有兩次的一般性補助。這裡頭其實可以分成兩大類，一類我稱為「獎勵性補助」，金額較少，像是高雄的獎助計畫一年十萬元，我想主要是鼓勵優秀的計畫案，有點像是你寫了篇小說得獎一樣，會非常開心，但不太可能光靠這筆錢活下去。另一類我稱為「生活性補助」，像國藝會的長篇小說補助高達五十萬元，另外出版之後，還會由政府出錢買一大堆書，出版社給的版稅就會比較多，（我那時候是這樣，現在的狀況請大家自己去查喔）我便靠著這筆補助的期中款與尾款，決定辭掉工作，在最後的一年裡把《濱線女兒》完成。了解了這樣的分別，如果你有興趣參加比賽的話，就不會寫出太不合乎常理的取材旅行，或是預算金額羅列太誇張的計畫案，我想這畢竟是申請文學創作補助案，並不是申請地心冒險的補助案。

「那麼……」一位詩和散文都寫得相當好的年輕創作者巴哈君問我，「你看獲得補助的人多半都是聽過名字的創作者，甚至是超有名的大作家，評審委員做決定時，是不是會考慮認不認識這人呢？」

這顯然是相當敏感的問題，而且我知道網路上很多人都理所當然地批評，類似的補助案都是靠人脈得獎的，不然誰誰誰憑什麼會得獎一類的。因為我自己也得過補助，所以聽到這樣說也覺得有些難過。不過，除了負責寫我的審查報告的委員我知道是誰之外，其他評審還有些什麼人我不清楚，也就不知道我得獎是否得力於什麼人脈。那時的我每天都在時尚雜誌加班，幾乎沒什麼機會認識資深的文學專家、學者或作家，若是他們偷偷覺得和我是好朋友的話，我會感到很光榮。但是在評審會議中，如果說委員們都蒙起眼睛，假裝這個人不認識，那個人也不認識的話，也實在太虛偽了，那麼實況是怎麼樣呢？

是這樣的，因為是認識的人或是大牌作家的計畫案，會議裡確實會有一種「啊，怎麼某某某也來投啊！這樣好嗎？」的氣氛，但是並不是，「並不是」（請劃重點！）因此就導到了「好啦，反正大家那麼熟了，就給他過啦！二十八萬ＯＫ！」或者「我們就用名氣來排，首先從曹雪芹開始錄取！」這樣的結論。實際狀況往往複雜許多，先撇開計畫案寫得好不好，題材有沒有創意這類見仁見智的討論，我個人會進一步考慮申請者個人的生活景況和新作企圖心，特別因為是認識的人，所以這些私人方面的事情了解更多，其實更有依據做為評審的判斷。

至少在我參與過的評審會議裡，種種討論都是相當開放，而且沒有任何用知名度或階級權力來壓迫其他委員的狀況，連我這種後輩也能暢所欲言，意見不同的情況很多，不過還不至於到互相丟水杯和便當的地步。那麼，結果會是什麼呢？雖然最後大家看到的，往往有名氣的作家好像獲得補助的機率比較高，（簡單來說因為是老鳥了，真的比較會寫計畫案，繳交的參考作品也強。）不過大家沒看到的剛好相反……被刷掉的知名作家也相當多，（你很難想像這長條名單）當然，隨著認識的人多了，被刷掉的朋友也多了。呃……可以這麼說，把朋友刷掉之後，雖然是公事公辦，對方也不知道我去當了評審，但見面時總默默地覺得不好意思。其實，巴哈君自己就是「認識的人」的受害者，他的申請案很不幸的，在某一次的評審會議裡，我提出「雖然創作非常有經驗，執行力也強，但做為備受期待的年輕作家，這計畫案的企圖心實在太弱了。年輕人應該要衝得猛一點吧！」做為反對意見，最後全體投票時沒過。抱歉啊，巴哈君。

以我個人微不足道，到目前為止的評審經驗裡，再怎麼說會不會獲獎的最終原因只有兩個，那就是「計畫案寫得好不好」和「有沒有獨特的想法」，如果還可以附帶一個重要原因的話，那應該會是「真的把獎給他了，這傢伙到底寫不寫得出來！」這些跟人脈關係度較低，但往往還是討論最熱烈之處，說真的，評審委員並沒有閒著。那麼，因為大家都很關心知名作家參加補助計畫競賽的狀況，而我從這些知名作家身上學到什麼呢？

就跟所有的參賽者沒兩樣，有的人的計畫案寫得很扎實像鑽石硬度似的，有的人根本也不先做點研究，就投出來鬼混。有的人想法驚人，突破了過去作品的範疇，有的人什麼新想法也沒，就投出來鬼混。最後，有的人真的寫出非常棒的作品，足以影響一整代的創作者，而有的人還是一樣，時間到了，鬼混一些東西交出來，免得補助金被追回。從常識性的世界來說，任何地方都只是任何地方的縮影而已，並沒有比較難以理解或崇高。

充氣作家瑪麗：「我比猴子更聰明喔！」

就像每個人都會面臨死亡一樣，每個作家都會面臨退稿，無論你再怎麼大牌，只是時間遲早，或是對方藉口優美與否的差別而已。而且退稿更慘，因為死掉只有一次，但是退稿卻可能有無限多次。

我的第一本小說《稍縱即逝的印象》，曾被五家出版社退稿。五家當中，有四家完全沒有消息，最近，偶然遇到了這些出版社的總編輯，他們一邊客氣地說久仰大名，我就一邊想：「啊，確實很久了，都已經過了快十年了，也不知道他們完全不鳥我的理由是什麼。」唯一一家回覆我的，大概是因為之前有合作過的關係，總編輯寫了封信給我，非常委婉地說了他的讀後感，最後他寫了類似的話：「你的小說還沒辦法出版，你可以將它們放到抽屜裡，放一段日子再拿出來看吧。」

「媽的咧，我都放幾年了，再放就長霉了我！」我心裡這麼罵。

呃……其實我不太記得他真正的用辭為何，因為我又氣又恨又羞愧之下，只快速掃過一遍就把這信給刪掉了，現在查不到了。因為打擊實在太大，之後有一段很長的時間，我想算了，印好的稿子收起來，不到處寄了，直到最近搬家的時候，居然還發現那時印好的Ａ４稿子，用燕尾夾一份份整整齊齊夾好，躺在灰塵密布的文件盒子裡。但即使這樣，我都還算非常幸運，畢竟只有五家而已，後來如願出書，我跟朋友抱怨退稿的事，甘耀明露出「這算什麼」的表情跟我說，當年他得了那麼多大獎，一轉身，還不是照樣歷經慘烈的退稿，至於詳細而驚人的數字則不便代他透露。但聽他這麼說，心裡有種被確實安慰到的感覺，原來友情是這麼溫暖啊……

好吧，我想人生就是這樣，現在我變成了必須退人家稿的人。有時實在是作品差得很離譜，有時是不合敝社出版的風格，有時是我讀不懂各位大德寫的是什麼東西，很抱歉，有時則完全出於考量這樣的作品與作家名氣能不能賣錢。這裡頭有知名作家，也有全然的素人作者，坦白說，寫作本來就不能用知名度高低直接換算成作品好壞，而如今的出版更不是一個靠知名度就能簡單換算成賣量賺錢的行業，雖然類似的極端情況並不常見，不過如果光想靠人脈和名氣來避免被退稿，再怎麼樣還是不得不說聲「老師，對不起了。」但是，好吧我想人生就是這樣，無論換了對立角色的我如何為自己辯解，當年我在心裡反覆罵出版社總編輯的話，雖然到目前為止還沒有人當面這樣罵過我，不過我知道的，這兩年來耳朵時常癢得很厲害，必定是有人相當「想我」。（很不幸，就在本文截稿前，我剛剛收到一封罵我的信。是的，我退了這位作者的稿子。）

那麼，其實現在才要進入重點。以上所說的，在商業常識與人性良善的範圍之內，我想大家都能夠理解作家與出版社立場的不同，因此一方面得退人家稿，一方面得被人家退稿，雖然很傷心，但不得不如此。可是在某位編輯朋友身上發生的例子，一度超出我的常識理解之外，我也從裡頭學到不少，以下，我盡量用連猴子也能懂的方式來說明：

充氣編輯保羅：「聽說老師最近有新作正在進行，我們很想出版您的作品。」

充氣作家瑪麗：「好啊，我很榮幸把作品寄給你看，謝謝。」

瑪麗將稿子寄給了保羅，保羅讀完了稿子。

保羅：「老師，這作品真棒，請給我們出版好嗎？」

瑪麗：「沒問題，能跟你們合作太好了，我把最後一章修改完就寄給你。」

稿子沒寄來，什麼事也沒發生的一個月後。

保羅：「老師好，不知道您的稿子修改得如何了？」

瑪麗：「喔，（忽然）我的書要給香蕉出版社出了。」

保羅：「怎麼會這樣！您不是答應給我們出了嗎？」

瑪麗：「有嗎？我還以為你們不想出咧，所以就給他們了。」

保羅：「我不是說請給我們出了嗎？」

瑪麗：「喔。」

就這樣。瑪麗的書後來順利出版了，也順利下架了。

雖然一開始是講退稿的事情，作家總是很可憐，不過像這樣沒頭沒腦被作家「退稿」的編輯，我想也相當可憐吧。我聽保羅講這事的時候，腦中一度空白，有點像是瓦斯爐點不起來的感覺，希望必然比猴子聰明的大家，一看就知道究竟是怎麼回事。

PS. 聽完這事情不久之後，我這邊也發生了類似的事情，沒學到教訓的我，顯然比猴子還要笨。

最終回！來自作家大哥大姊的必殺人生大事提問！

「那些作家教我的事」這個專欄的靈感來自於我與一群作家前往西藏旅行。那麼，這是最後一次跟大家報告「那些作家教我的事」了，就請讓我回到西藏旅行所獲得的感想，有始有終。

由於李昂老師的善意與耐心協助，我和太太是這次西藏之行唯一的夫妻檔，跟大家不太熟，年紀輕，又缺乏歷練，其他獨自前來的大哥大姊們不僅都是歷經大風大浪的大物作家、學者、藝術家，當然，無論是好是壞，他們多半擁有比我們更豐富幾百倍的婚姻人生經驗，不過出發前我並沒有想到，（太太顯然也沒有想到）我們這兩個小鬼居然會一度陷入此類話題的小型災難之中。呃，反過來說，也就是在三件人生大事的提問上，我們相當辜負了大哥大姊們的期望。

第一件人生大事由廖咸浩老師率先提出來：「你們是什麼時候結婚的？」這句問話的背後OS，顯然就是：「為什麼我不知道？」或者「為什麼沒發帖子給我？」

廖咸浩老師是我大學社團的指導老師，我報考直升研究所時，也特別拜託他寫推薦信，（我是哲學系畢業，卻去考藝術史研究所，然後找外文系教授推薦，這是怎麼回事呢？）怎麼說都是我的恩師，所以他這麼問的時候，我看著他認真的眼神，一時惶恐，只好拚命解釋：「啊，我結婚的時候還沒到聯合文學工作，跟作家都不熟，所以都只請年輕朋友跟親戚而已。」怕他不相信，我還不辭愚蠢地加了一句：「作家我只有請林文義老師而已喲，因為他說他一定要來……」

「嗯嗯。」廖咸浩老師一臉不相信，然後一劍斃命地說，「當年你直升研究所我幫你寫推薦信，後來結果如何，你也沒有跟我說。」

「啊……」我頹靡地說，「那個就沒直升成功……我哪敢跟您講啊……」

這是廖咸浩教我的事。年輕人結婚的時候要儘早跟大家報告，不能偷偷結婚。我所能想到的補救方式，就是當眾承諾，下次結婚時一定會記得發帖子給各位師長的。

第二件人生大事是由林黛嫚姊姊提問：「你們有要生小孩嗎？」這問題立刻被眾人加碼衍生，力勸我們夫妻每晚早點睡覺，在北京時他們說：「唉呀，你們可以懷個『京生』。」在西藏時則說：「唉呀，你們可以懷個『藏生』。」在成都時又說：「唉呀，你們可以懷個『川生』。」一趟旅行下來，我們該生的孩子大概可以統治半個中國了。

黛嫚姊完全是一位親切又體貼的大姊，和我太太走在一起時，總是親密地挽著她的手臂，輕聲地說些女人的體己話，像是安撫緊張怕生的小妹。我走在她們後頭，看著那雙背影，忽然有種被人細心照顧的幸福感。

這是林黛嫚教我的事。當她用手機展示孩子的照片給我們看——一位非常英俊，神采奕奕的男孩——我能感受到享受親密關係的滿足感，那種從人的內核一直傳遞到對方身上，沒有什麼微言大義可言，也無論親疏遠近，一點一點輸入對方所需的能量，便是我們之所以能夠和善良地對待彼此的基礎。另外，夫妻倆如果還沒生小孩，最好準備一個官方說法，像是「我們打算順其自然」一類的，以便答謝各方的愛護。

最後一件人生大事，因為是在一陣兵荒馬亂當中聽到的，實在無法確定是哪位作家對著我太太說的：「為什麼妳沒幫老公擦乳液？」高原上氣候乾燥炎熱，我的臉已經開始如粉刷不良的牆壁一般脫皮，雖然老婆確實有交代要多擦乳液，但我認為擦東西在臉上太沒有男子氣概，所以一直沒擦。這下可好了，太座被誤解鳳顏大怒，此後行程，我只好乖乖早晚擦妥，當一個被馴服的男人就是了。

但我並不是唯一一位在這次旅行裡被馴服的男人，連漁人作家廖鴻基如此鐵錚錚的海上硬漢，也在楊錦郁姊姊柔情似水地勸說之下，某日晚間躺在床上，敷上了錦郁姊慷慨贈送的昂貴限量面膜。

「我這輩子從來沒有保養過。」鴻基大哥隔日對我們這麼說，「嗯……但這面膜很有效，皮膚真的變亮了。」呃……這到底該算是錦郁姊教的，還是鴻基大哥教我的事呢？

PS.據說鴻基大哥於床上敷臉的模樣，被室友許悔之大哥以手機拍攝下來了。不過相當遺憾，基於人道立場，雖然有圖有真相，但這照片並不會在此公布、不會貼在任何作家的臉書上，也不會登上《聯合文學》封面，就請大家死心吧。

輯二
「作家名利場」

進入一個不一樣的世界

某個周末，因為要挑些書送給偏遠學校的孩子，我看到書架上還有七、八本《二〇〇五年台灣文學獎得獎作品集》，便拿了一本放進宅急便的紙箱裡。其實還有許多8P時代的退書堆在那裡不知道該怎麼辦，但內容不宜小孩閱讀，如果放進去的話是作孽的事。

我翻了翻作品集，裡面有我的得獎小說〈濱線鐵路〉，也就是後來長篇小說《濱線女兒》第一章的一部分。這作品集跟絕大部分的得獎合集一樣，從編輯面看起來十分粗糙，一點也沒有讓人開心鼓舞的感覺，不過內容卻很扎實，除了作品之外，得獎者照片、簡歷、可以暢所欲言的創作自述與得獎感言一應俱全，而且也有完整的決審會議紀錄，小說評審是蘇偉貞、季季和李喬三位老師。這好像是我最後一次參加短篇小說獎的競賽，也是我少數的獲獎經驗，雖然時間過了這麼久了，但讀著他們的評審意見，覺得說的有道理的，還是會想：「嗯，還看得懂我想寫什麼，不錯嘛！」覺得說的沒道理的，心裡就嘖的一聲：「這傢伙什麼也不懂！都是他害我沒得首獎的！」一邊這樣胡亂批評，一邊忽然好懷念參加文學獎比賽的感覺，想要得獎，想要打敗別人，想要被看見，想要看決審紀錄知道別人怎麼讀自己的作品，而且認認真真地喜歡或討厭自己的東西。

不對，好像不只是這樣，光是將再三檢查過的稿子，以及另附一張寫好姓名、性別、出生年月日、身分證字號、簡歷、聯絡電話、地址的稿紙，加上個人照片一起放進大型牛皮紙袋裡，用膠水黏好袋口，都能讓我充滿緊張與期待感，像是不久就要發現新大陸般的慎重。我會一再檢查紙袋上的地址、收件人是否寫得正確，然後懷疑自己是不是少放了什麼進去袋子裡，是不是少放了一份稿子，或是忘了身份證正反面影本！啊，果然是忘了那個！難怪心裡很不安，趕快把紙袋撕開來一看，身分證正反面影本好好地與個人照片、資料用迴紋針夾在一起。

但是已經把紙袋撕壞了，只好重新拿個牛皮紙袋，我通常會買好幾個備用，這樣也好，紙袋上頭的字還可以試著寫得更工整一些。都弄好了之後，將稿件放在背包裡走路去郵局，在路上心裡有些覺得害羞，郵局人員會不會盯著規定要在信封上標記清楚「投稿某某文學獎」這幾個字，心裡暗自嘲笑我：「這個人居然也想投稿比賽，他看起來一點也不像會變成作家。」而且因為常常去同一家郵局寄稿子的關係，他們會不會也想：「話說回來，這傢伙也真可憐啊，雖然很想當作家卻一直不成功，最後大概會跟《龍龍與忠狗》裡面演的一樣吧。」到了郵局，當然不知道他們心裡是否真的這樣想過，實際上也沒有人開口跟我說過相關的話。

「裡面是什麼？」郵局人員固定會這麼問。

「印刷品。」稿子和印刷品的郵費屬於同等級，但我不好意思說是寄稿子，總是說寄印刷品。

「要寄什麼呢？」

「雙掛號。」

非常擔心會寄丟，所以我寧願多花點錢寄雙掛號才安心。

「放上去。」

我將紙袋放到秤上，郵局人員稍微瞥一眼，貼上郵票。

我付了錢，拿著雙掛號的郵資證明，走出郵局。因為拿著郵資證明的關係，我才有「好吧！接下來就只能等待了。」的感覺。我會將這郵資證明收進皮夾裡，像是有日期限定的護身符，直到文學獎正式公布，確定落選為止才會丟掉。

然後在回家或是順便去上班的路上，我有時候會覺得自己像羅蘭·巴特在《寫作的零度》出版前一天，於巴黎街頭漫步時感到非常緊張，因為他知道這本書一旦出版，整個法國將會為之震動，這將是改變歷史的一刻。

有時候我則會覺得自己像是史汀，在警察合唱團推出《Synchronicity》這張經典專輯前夕，即將成為搖滾樂傳奇人物的他非常焦慮，他對自己完全沒有信心，不知道這種獨特的概念音樂會不會被接受。

當然，我的作品從來沒有引起任何一點點接近他們偉大成就的注目，但我好懷念在那些投稿比賽的時刻，我對自己有著深深的期待，也對自己的未來充滿想像，覺得只要再往前踏一步，我就會進入一個不一樣的世界。雖然我個人在這方面並沒有獲得像同儕一般的成功，但不管怎麼樣，只要能不失去參加時那種激動的心情，我覺得就非常足夠了。因為，我們可能很快就連這種激動的心情也失去了。

連朱天心的人生也一併附上去

上周寫了當年參加文學獎的心情，雖然說了一些懷念激動的話，不過若是簡單地解釋成人間慣用語，其實當時心裡想的就只是想「出人頭地」罷了。因為當別人還在作文簿裡夢想著當太空人、飛行員、老師或總統的時候，我就立志要當作家，也一路從高中、大學、研究所寫過來沒有放棄，而且正式的課業又一直沒唸好，最後只有寫東西這方面有點能力，所以對我來說，我自認為能有點機會出人頭地的地方，就是寫作這一行了，只要能在這一行出人頭地，我就能夠把我最喜歡的事情當成我的工作，就這樣普通地在這個社會生活下去。

如果「寫作」或「文學」裡頭不具有某些可以成為「一行」的性質與結構存在，像上述那樣一心一意長大的我大概很難找到適合自己的工作，等到發現了，再想轉行當我的第二志願「跟史汀一樣大受女生歡迎的搖滾樂貝斯手」也一定來不及了。但這只是我個人的人生觀而已，我想一定有人會認為最喜歡的事情最好跟工作無關，跟生活瑣事無關，才可能永遠是最喜歡的事。我倒是沒辦法分心想這麼多。

也因為這樣的緣故，我常常會隨筆寫道：「文學這一行跟其他行當一樣」這類的句子，可是一這樣寫或脫口這麼說，就會被一些朋友責怪，我怎麼可以將文學當成一種跟手機代工沒區別的行業之一。我當然沒這個意思，但文學有其超然物外的性質，也一定有世俗的價值判斷，這只是常識階段的認知，不這樣想才讓人覺得有心機吧。而且本來每種行業都有其獨特性與必要性，顯然並沒有什麼量表可以用來計算高低分數，或者能刻意指出「文學」或「刺青」或「賣房子」或「亞利安人」等等各種人間事物，具有一種「優於他物」的特別地位。如果有的話，那也太慘了，第一次和第二次世界大戰都是這樣引起的。

那麼，文學或寫作既然做為一行，同樣以一般的世間常識來判斷，自然會有「名利場」的問題。先講「名」，跟其他行業不同，絕大多數的從業人員，要找一份工作並不太需要個人名氣，履歷上只要填好工作經驗、學經歷、自傳即可，通常也不太需要什麼名人推薦，但若是想從事文學這一行，特別指的是成為一位作家，卻非得需要名氣不可，這些名氣可能來自於常常得文學獎、在網路上很紅或是偶然出書賣得很好一類的。因為想當一個作家沒有執照可考、沒有上師轉世活佛認證、沒有地方可以申請報名，甚至跟有沒有出書無關，唯一的方式就是「有人承認」你是一個作家。只要有一個人指著你說你是一個作家，然後轉頭跟朋友說：「他是個作家耶！」那麼你便成了作家，而能支持這件事情發生的就只有名氣，還有，跟創造世界的上帝一樣的創造了你的少數讀者。

由於自己的努力得來名氣，出版社認為你的作品既有文學價值，更好的是也有商業價值，所以願意為你出版作品，但彷彿光靠你的名氣還不夠使你在這一行出人頭地，所以還需要名人的品質推薦，無論是掛名推薦或是寫一兩句推薦語。我個人認為最好是三到五人的程度比較適合，既不會像找一百個人掛名這麼惹人爭議，當然也比一個人推薦來得範圍寬廣效果強力，而且在封面或書腰上排版起來也好看一些。雖然大家意見不會一樣，但無論從出版或是我個人的角度來看，我都覺得名人推薦很棒。像是朱天心老師為《道濟群生錄》推薦時說：「我，誠願意以多年閱讀、寫作的一點點信用，賭徒似的全數押在張萬康。」這簡直就像在作家個人的履歷表上，連朱天心老師的人生也一併附上去了，還有比這個更讓一個寫作者和出版社感動嗎？

這便是文學這一行最世俗的一個片面。就跟所有世俗的事物一樣，在名利場之內，為了競爭或保有這好不容易得到的利益（或夢想），有時候不得不（或是相當樂於）做出一些只能為私人著想的事情，也就不得不傷害別人。實際上的狀況當然不可能在這邊寫出來，但這種會傷害到他人的情況有多少呢？我想距離總統大選的強烈邪惡感還相當遠，但是每半年總是會聽到個幾次，或者甚至自己也做了的程度。我相當痛恨這樣傷害過我的幾個人，但我想非常恨我的人也有一些吧。（臉書上就可以看到了）

比美國大聯盟經營效率更低的行業

上周寫了想當一個作家是很需要名氣支持的，但另一方面也得承認，這些所謂的名氣也僅僅限於文學這一行適用而已。（非常小的範圍，跟美國皇帝諾頓一世Joshua Abraham Norton的紙幣發行範圍差不多）我自己親眼所見的少數例外，就只有李昂老師和林文義老師，他們各自在北京機場與馬祖街頭被觀光客認出來，但我想這多半與他們較常上電視比較有關吧。

一位曾經相當紅的詩人跟我說了他的慘痛經驗。（如果把名字寫出來，你一定會說，我知道他是誰！）某次他去出席一次座談場合，主持人好心地問在場的高中生，「大家認不認識某某某啊！」結果所有人都茫然搖頭。主持人不放棄，還問了一旁無奈得來陪學生來參加的年輕老師認不認識某某某啊！那老師也坦白地搖搖頭。

「你們不認識也好。」他在台上大方地說，「因為現在的世界本來就要交給年輕人了。」

但其實不是這樣的，「交給年輕人」這種事並沒有發生。像我有時就會覺得洩氣，我去一些文學營隊演講，當我介紹自認為如雷貫耳的知名作家時，台下聽眾認識的比例低到令人懷疑音響系統是否出了什麼問題。但這不是最怪的事情喔，更怪的是，其實台下聽眾也一致不知道我是誰，寫過什麼東西，甚至有人連《聯合文學》這本雜誌也沒聽過，然後這樣沒沒無名的我卻在台上講一些他們也從沒聽過的文學知識與作家，一邊講一邊覺得很荒謬，為什麼主辦單位要找我來做這件事呢？雖然我很認真地準備了演溝內容，還設計了當場可以寫出小說的「小說產生器」互動式活動，但我仍然覺得心虛，因為這顯然是個傳達效率非常低的演講，真是非常抱歉，讓大家得到不夠充實的知識，而聽眾很快就會把我遺忘吧。如果是個正常公司行號的員工訓練課程，下次一定會想辦法改進聽講效率，不幸的是，許多文學營隊授課或演講樣貌年復一年幾乎不會改變，毫無準備就來哈啦一下混時間的作家與越來越聽不懂文學是什麼的聽眾，像是在漫長荒蕪的石器時代艱辛地跋涉，毫無止境。

一本著作的偉大程度與否跟所花費的時間、寫作方式、作家經歷、戀愛取向、男女、宗教、階級、黨派沒有任何關連性，文學本身也必然與效率無關，這是不用解釋的。但是一個作家把文學做為一種行業的獲利方式，效率卻低到不行，一定比《魔球》裡的運動家隊總經理比利·比恩抱怨美國大聯盟的經營效率還低。

我們這世代的作家跟全世界各國的作家一樣，除了極少數能完全依靠寫作過生活之外，絕大部分都有正職，像是報紙、出版社編輯、記者、大學教師、作文班老師、醫師、研究生等等各行各業，然而真正從文學這一行獲利的方式通常只有四種：投稿、出書、當評審、演講、文學獎或補助。我不敢評論前輩作家的獲利方式，（他們的確經歷過靠寫作賺大錢的好年代）而後輩作家則還沒辦法獲利，所以請讓我以完全不指名道姓的虛擬當紅六年級小說家ＴＧＷ做為綜合性例子。

首先當紅六年級小說家ＴＧＷ去年投稿雜誌副刊，通常每字一元，在極佳的狀況下，雜誌上可以刊登一萬字左右，但一年大概只有一次機會。同樣的，如果一年能在報紙上發表一萬字，也算是熱門作家了，那麼這一年靠著投稿，可以賺兩萬元左右，就算寬一點兩萬五千元吧。再算寬一點，運氣好接了一個每周得寫一千四百字就可獲得二千八百元的優渥專欄，總共寫了十三期，那麼就可以再獲利三萬六千四百元。

第二是出書。一個純文學作家一年能出一本書已經是神樣，作家能獲得的預付版稅算法一般是：版稅率×印量×定價×預付比例，（但是很多出版社是只給書，不給錢的。）所以同樣的，在極佳狀況之下，萬眾矚目的小說家TGW去年剛好寫了一本十萬字小說，趕在年底出版，版稅率為百分之十，印量三千本，定價三百元，預付比例百分之百，（目前實務是百分之五十到百分之八十）那麼他就可以從出版一本新小說裡得到預付版稅九萬元。所以除非三千本能賣完，然後靠再版多賺些版稅，否則好不容易寫了一本頂尖小說，一個字連一元都賺不到。

到這裡還沒有算完，下周繼續！

不是所有人都會腐化殆盡

讓我們繼續上周的「作家名利場」之無與倫比低效率之獲利計算。

第三，我們把當評審與演講合在一起算。一位當紅作家朋友告訴我他的例子，他出了一本大受歡迎，賣出超過三千本的作品那一年，總共接到了三十場評審與演講場子。六年級作家的平均演講價碼，依政府公家機關百年如一日的規定，每小時一千六百元，在極佳的狀況下，會給到三小時，也就是四千八百元，那麼三十場就有十四萬四千元。這麼說乍聽之下有點不太公平，因為當評審的錢會多一些，不過，在評審費給的比較多的全國性文學獎競賽裡，再怎麼紅的六年級作家最多只能當到初複審，這表示至少得看一百件至三百件作品，時間花得比準備演講要多更多，從獲利效率來說，恐怕比演講還低。沒關係，就算寬一點，去年TGW有幸看了三次全國性文學獎初複審，因此較我的朋友多了一萬五千元，那麼總共就是十五萬九千元。

最後一項是文學獎或補助。曾經在台灣頒出最高獎金的是兩百萬元九歌文學獎，現在最高獎金是台積電文學賞八十萬元，這兩者是中長篇小說獎項，至於短篇小說最高則是林榮三文學獎五十萬元。補助案方面，以國藝會提供者為例，從八萬元的出版補助到五十萬元的長篇小說補助都有。但很遺憾，TGW去年並沒得過這些獎項與補助，因為實際上，目前幾位擔任領頭羊的六年級作家因為各種理由，差不多都退出文學獎與補助案的競賽領域了，不太可能從中獲利。（不過要恭喜甘耀明，去年他又得了五十萬元的長篇小說補助！不過不是一年給五十萬，而是分三階段補助。）若要再進一步說，TGW就算參加文學獎或補助案申請也不一定會得獎，裡頭變數太多，勝敗完全操縱在別人手裡。

我身邊有個年輕好友的例子，實力堅強也得過許多大獎的他，今年參賽全數損龜，也就是說今年寫出十萬字的文字量，工作時數超過上千小時，卻一毛錢也沒獲利，沒有正常的公司行號會把這種當成有效率的獲利方式。

那麼來總結算一下，當紅的一線六年級小說家ＴＧＷ這一年可以從文學這一行獲得多少錢？答案是：三十一萬零四百元，平均每個月是二萬五千八百六十七元，這幾乎是神一樣的數目了。就算這數字真的能存在，但我算了一下，這表示ＴＧＷ每月至少得寫出品質足以見人的一萬一千四百字，（以我個人的寫法，則至少要寫二萬字左右，才有可能整理出來。）以及三十小時以上在演講與評審的準備與執行上，並連續十二個月才行。而為了維持這樣的獲利率，他必須每年都至少寫一本書、三十場以上演講、發表兩萬字文章、再接一個大型專欄才行。不管有沒有正職，也只有虛擬的一哥ＴＧＷ做得到。

我回起想那本我偶然打開的《二〇〇五年台灣文學獎得獎作品集》，那時候參加文學獎，急著想要出人頭地的心情。書裡頭有一張我個人的照片，因為紙張印刷的關係，影像非常粗糙，那好像是十年前我在台大文學院會議室裡，一個可愛學妹幫我拍的，至於為什麼離校這麼久了還要回去那裡，我已經記不太得了。我看著照片裡頭的自己，側著臉，左手支撐著下巴，幾乎遮掉大半張臉，只露出一副眼鏡，眼睛直直地盯著前方。我似乎覺得「現在的我」可以看進「那時的我」的心裡在想什麼。

那時候剛退伍的我，什麼也不是，沒有人認識我，沒有人在乎我寫了什麼，反過來說，我也不認識任何人，我寫的東西也不在乎別人是不是讀得懂，只是一個勁地認為，這就是我想寫的，而且也相信這樣的東西足以說服真正懂文學的他人。每天每天心裡想的，就是要如何寫出驚人的作品，那具有藝術高度的小說。更早之前，唸大學的時候，沒有電腦的我可以一再地在稿紙上重謄一份萬餘字的稿件，只是因為完稿後忽然想插進一句新想到的比喻，卻又不想在稿紙上直接塗改。這樣的事情，就足以令我感到快樂。那時的我，就只是希望有誰偶然能讀到「我寫的小說」而已，因為其他的事情我都無能為力，我只能一再地重寫、毀棄、唾罵、改造、折磨作品本身，使它變成「我寫的小說」，因此每一個存活下來的短篇都珍貴無比。

最近我常看到網路廣告寫著：「有正職，更要有兼職，工作地點、時間自訂，保證每月收入三萬元到六萬元。」我想，這份兼職必定比TGW還要更辛苦吧，但不知獲利效率如何就是了。不過對TGW或是我們同代作家來說，其實獲利效率低落並不太讓人難過，因為我們出道的時候，就從駱以軍和袁哲生兩位大哥那裡知道這件事了，最令人難過的還是十本六年級作家花了好幾年寫出來的詩、散文、小說，一年內能賣超過三千冊的機率大約只有一本或更低。全心全意寫出來，自己也相當滿意的作品想給讀者至少閱讀一次的效率卻如此低落，但這樣的一行卻有許多朋友願意繼續堅持下去，所以我想這文學名利場還不至於讓所有人都腐化殆盡。

「輯三
不讀書的日常」

逛市場

我喜歡逛市場。

在台北住了二十幾年，搬過好幾次家，每次租屋前都會先問房東，這附近有傳統市場嗎？如果真的沒有，我連家樂福這種大賣場也可以逛得津津有味。

市場有趣的事情太多，我三個月專欄都寫這個沒問題，但您知道我最喜歡市場的什麼嗎？那就是一定有一兩個攤子不固定出來擺攤，而賣的東西剛好又是自己最愛吃的。每次去的時候，心裡總盼望著今天能夠看見他，若能碰上就開心一整天。沒碰上，心裡會想：「唉呀，怎麼又沒來了，什麼時候會來呢？不知道去哪裡能碰上他。」就跟學生時代，偶然幾次在公車遇上了，而決定一輩子都要偷偷暗戀的陌生女孩一樣，這樣的心情，人生難得有幾次。

以我現在常去的土城裕民路菜市場來說，就是一攤專賣現撈透抽的小攤，量多又新鮮，一口氣幾百隻透抽嘩啦啦啦地從塑膠箱子倒到鋪著防水布的地上，一群太太們立刻衝進去猛捉。我也一邊盡情地挑，一邊忍住嘴裡快滿出來的笑意。唉，今天雖然買到很便宜的青江菜，一大把菜老闆只收兩塊錢，但是又沒見到透抽攤子，沒辦法高興起來。

坐捷運

我喜歡坐捷運。

大概因為我實在太無聊了，所以總是得找出許多娛樂自己的方式。首先當然是看女生，依我個人微不足道的意見，不限年齡，但限於上班時間的板南線女生往往穿得最性感，妝也化得最完美，坐一趟下來，給人一種心滿意足的感覺。（很抱歉，淡水線似乎稍稍弱了一刻度）不過下班的時候，整個車廂的美人就有點褪色的樣子……

接著，我喜歡偷看人家在看什麼書，如果旁邊有人在看手機的話，我也會偷瞄一眼，看看人家桌面放什麼照片，或是看什麼韓劇一類的。有一次我前面正好站了一位小姐，口唸佛號，一手拿念珠快速轉動，一手按著計數器，我忍不住去偷看計數器螢幕，想知道到底她一早唸了多少次。（二六七次）難道您不會好奇人家有多辛苦嗎？

最後，雖然不想聽，（騙人）但總不能關上耳朵吧。有次下班人潮擁擠，緊靠我身旁的一位象牙白色套裝女郎，仍不放棄地講著電話。

「嗯嗯，我也好想你，真的。」她泫然欲泣地說，「都只能在公司見到你……今天不行，嗯。」

我偷看她的左手無名指確實戴了戒指，但這聽起來不太像是跟老公說話的口氣吧！我是不是很無聊呢？

帶便當

我喜歡帶便當。

我唸的小學離家裡很近，十二點之前，我媽就會走路幫我帶熱呼呼的便當到學校。我的便當在班上非常有名，光滑亮潔的塑膠便當盒，像日本人一樣，外頭用一條顏色鮮豔的大手帕包著，打上個大結，再放在一個新穎的藍色便當提袋裡。一打開來，鮮綠的菠菜、淺褐色的煎鮪魚、油嫩的紅燒肉、黃白亮的荷包蛋，每天至少都有四種菜色，美麗整齊地排列在膨鬆的白飯上。同學們很羨慕我的便當，一直誇獎我的便當看起來好好吃，我看看別人家的便當，雖然整個便當盒也塞得滿滿的，但是我媽就是比較會裝便當，跟裝了什麼沒啥關係，而且明明回家晚餐也是吃一模一樣的東西，不過從便當裡拿出來就是比較好吃的樣子。從那時候起，我就對我媽幫我帶的便當有種虛榮感，覺得我媽準備的便當是天下無敵的。

現在我自己會煮菜帶便當去公司吃，卻總是弄得非常落漆，看見同事打開便當那麼漂亮可口，我心裡都會想：「哼，有什麼了不起的，要是我媽幫我帶便當的話，一定比你們的漂亮又好吃一百倍。」

打小孩

我喜歡打小孩。

當然不是那種會讓小孩受傷的程度，不過至少要會痛到流眼淚吧。但是心裡雖然有如此的期盼，事實上卻一個小孩也沒打過。不只是這樣，我這個人平常看起來就相當嚴肅的樣子，連公司同事都覺得我非常臭臉難相處，結果卻意外地受到小孩的喜愛。光是站在路邊，就會有小孩來拉我的褲管，坐捷運時，對面給媽媽抱著的小孩也會主動跟我揮手，坐電梯時，有些趴在媽媽肩上的小孩甚至會偷偷伸出手來，讓我握著，連一旁的太太都感到非常訝異，難道這些小孩不知道我想打他們嗎？

您一定知道的，有些時候小孩就是會胡鬧到令人感到可怕的地步，爸媽不只束手無策，有的也根本放棄了，讓小孩為所欲為，這時候難道您不會有「讓我代替上天來懲罰你」的想法嗎？我要是遇到了，就非常想打下去！但是不可能真的去打陌生人的小孩，而礙於情面，就算親戚朋友的小孩也不可能，所以我只好盡可能離他們遠一些，假裝沒我的事。

於是，我跟太太說，要是我們家有小孩的話，他要是敢怎樣怎樣，我一定打下去。太太無奈地看著我說：「你只會出一隻嘴，我想你會是最溺愛小孩的爸爸吧。」

唉，我難道就這麼被人家看不起嗎？

芒果乾

我喜歡芒果乾。

芒果青現在正開始要進入產期，可以好好地吃一季，不用說，芒果青還是要吃現摘現削的才對，絕不能放太久，嘩啦嘩啦……因為可以說的事情太多，這次先講芒果乾。

芒果青可以做成各種醃漬品，大家最常吃到的當然是放在八寶剉冰或是冰棒裡，被叫做「情人果」的狀態，有些做得酸酸甜甜還不錯，有些則非常甜膩，黏乎乎的，這是我最不喜歡的。其他有紅色甜辣芒果乾、頗有嚼勁的黃色芒果乾，還有一種加了螢光色素，又脆又甜、汁又多的芒果青，一邊覺得像是在吃化學合成製品，一邊又停不下嘴。但我最喜歡的則是加了大量紅色色素，將水份完全脫乾的芒果乾，吃起來手指頭跟嘴巴都會染成紅色，像是吃檳榔，可以用臼齒磨嚼，也可以用門牙撕裂，非常過癮。雖然說都已經醃漬脫乾成這樣了，但不同地方出售的還是有不一樣的風味，依我個人微不足道的經驗，偶然在南方澳漁港巷弄中的一家小雜貨店稱斤論兩買到的最好吃，有種清新的當季香氣，其他地方買到的幾乎都沒有這種香氣，口味也很鈍重。據老闆娘說是現摘現醃的量很少，她家的芒果乾還有人特地從台北來買，我相信。

順道一提的，不知道為什麼，南方澳的家貓都用鍊子拴著，蹲在門口，像是看門狗一樣。

養盆栽

我喜歡養盆栽。

但不是您想像的，會拿剪刀幫枝葉修修剪剪，講求造型美感，（我媽就是這種的，所以把老家陽台搞得像是園藝賣場）偶然得了一個盆栽，像是人家送來公司祝賀沒人要照顧的，我就帶回家養。現在總共有七、八個盆栽，但我能叫出正確名字的，只有媽媽十年前送的鵝掌藤和一株姑婆芋而已，其他根本搞不清楚是什麼，而且至少有兩盆是從廢盆栽長出的野生植物，又大又漂亮。

我隔兩天固定澆澆水，如果煮飯打了蛋，會將蛋殼留下來蓋到盆栽上頭，某次，窗台上死了一隻大飛蛾，我就把姑婆芋盆栽的土挖個洞，把大飛蛾埋進去當肥料。雖然沒怎麼照顧，不過大家都好好地活下來了，若說有什麼祕訣的話，會不會是因為我常常對它們說話呢？我一邊給它們澆水時，會一邊說：「要乖乖喔，要好好長大，你看別人都有好好長。」然後摸摸它們的葉子誇獎：「最近長得很健康啊，很漂亮。」如果發現有蟲爬出來，我也會說：「你叫它們要趕快回土裡去，不可以離開盆栽，不然我會殺死它們喔。」沒多久，蟲就全部鑽回土裡去了。真的！

最近有棵養了三年多的植物死了，但那廢盆栽我就這樣擺著，每天一視同仁地澆水，上面已長出了酢漿草，不知道還會長出什麼，真期待。

咕咕咕

我喜歡咕咕咕。

去年新家裝潢的時候沒注意，臥室氣密窗隔板底下和露台中間留了個空洞，夏天某個周日，正打算要午睡時，忽然聽見窗外發出奇怪的聲音，看看露台也沒有東西，叩叩叩敲了敲隔板，有點怕不知道會跑出什麼來，結果先是鑽出一隻咕咕咕，嘩啦一下子飛走了。然後又鑽出一隻咕咕咕，跳到半截露台上，默默轉過頭盯著我，靜靜站了一會才飛走。

從此這兩隻咕咕咕常常飛回來，有咕咕咕來築巢，算是幸運的事吧。我搞不太懂他們是不是一公一母，大熱天的時候，總一隻躲在洞裡，一隻站在露台像是守門。我探頭看，露台上的也會轉頭看我，臉色有點生氣似的。我有時會悄悄地把耳朵貼在隔板上聽咕咕咕的聲音，想說是不是在裡頭生了小咕咕咕呢？並沒有。

後來他們飛走沒再回來，但一定有在外頭廣為宣傳：「那邊有家 motel 不錯，不會被拍到喔。」結果一直有一對對不同的咕咕咕飛來輪流住，而且總是清晨七點就開始咕咕咕，難道有誰準時 morning call 嗎？我早起沒關係，但是太太生氣了，「你早上起床要幫我趕咕咕喔！」

叩叩叩，很抱歉破壞咕咕咕們的好事，不過辛苦的太太需要多睡一會兒噢。

挖肩裝

我喜歡挖肩裝。

就是那種在袖子肩頭挖個洞，露出白皙肌膚或預防針疤痕的那種女性衣服，若隱若現的非常性感。今年入夏以來非常流行，大概也頗有通風涼爽的效果，只要您在捷運站附近轉頭看看，一定可以看見有一人以上穿著這樣的服飾。據我的好友，中國購物網站「美麗說」時尚總監馬念慈所說，這風格去年就流行了，來自韓國偶像劇，在淘寶網熱賣，有個牛仔款的暢銷千百萬件。我自己則在HBO影集《The Newsroom》看到女主角也穿這樣的衣服，才驚覺韓國人真是厲害啊！

又根據我微不足道的觀察，這洞有些如拳頭大小，有些長如燒餅形狀，也有一直開到整條上臂都見光的，有長袖服裝，上臂開一個洞，下臂也開一個洞，各具風采。但最近簡直跟繁衍過盛的變種外星生物一樣，情況不可收拾，我親眼所見居然有七分袖連開三個洞的、有厚重針織毛衣也挖開大洞的、有做拉鍊可開關的，昨日我居然看見有位女生穿著一件灰白挖肩Ｔ恤，這很一般，但兩洞邊緣居然各自環繞著一圈珍珠裝飾，讓這屬於平凡ＯＬ的挖肩裝，一下子雍容華貴起來了。人的創意智力和審美品味，真的是無窮無盡啊。

洗碗盤

我喜歡洗碗盤。

我會喜歡洗碗是因為在政治作戰學校接受預官訓練時，常常洗碗而上癮的。那時候，我們一班人要洗全隊百餘人的碗盤，還有會淹死人的湯鍋飯鍋，因此人家吃完飯去午睡，我們不能睡覺，必須在廚房裡努力刷洗。不過，我們一邊聊天一邊洗碗，非常開心，（也許只有我個人覺得開心）也會一邊喝從販賣機投來的冰涼飲料，只有這個時候，不會有任何長官來煩我們，就跟在天堂一樣幸福。另外還有一個好處，就是當同學去上下午第一節課，我們還能躲到寢室裡，繼續打混個一小時，像是從緊迫盯人的軍隊作息裡，靜悄悄地偷來的夏日私房時光。

說來不好意思，我是那種只要我媽在，就變成什麼都不會做的媽寶，一回高雄老家，吃完晚飯立刻滾到沙發上看電視，所以她一定不知道我有這樣一個不為人知的祕密。其實現在，在我台北的家，不管是我煮菜或是老婆煮菜，一律都由我洗碗。有時老婆好心要幫我，我就會有一種「什麼啊，居然敢瞧不起我！我可是熬過軍隊洗碗班的人啊！」的心情。不過，常常洗不乾淨就是了。

剪頭髮

我喜歡剪頭髮。

我唸研究所時，頭髮長到腰這麼長，去當兵之前，怕給長官點油做記號，得先去把頭髮剪掉。但是照我爸媽的說法，頭髮長了這麼長，就會有靈性，不能隨便剪，我爸還慎重其事地陪我去剪頭髮。理髮大嬸也有些緊張，嘴裡一直嘟囔著：「這頭毛那麼長，剪掉好可惜啊。」怪的是，出門前我媽也嘟囔一樣的話，好像這頭髮不是我的，是她們養大的什麼東西。

據說要剪掉這麼長的頭髮之前，要先從尾端剪上一截保留下來，才能夠理其他的地方，大嬸拿出剪刀，握住長髮的尾端，我都可以聽到她謹慎的呼吸聲，那銳利剪刀刷的一聲，又輕又巧地，裁掉了一截長髮。

大嬸一剪下頭髮，就小心翼翼地捧到我面前，然後拿出一條紅棉繩，在斷面處紮成一束，我爸也拿出一個原來裝高麗人參的空木盒，將頭髮放進去，兩人動作之篤定，就像練習過好幾次。

前段日子，我將人參盒子拿出來，那截頭髮還安放在裡頭，不可思議的，那髮的樣貌幾乎和十幾年前一樣，好像會呼吸似地光滑黝黑，就像片刻前剛剪下來一樣，果然是有靈性啊！反而是紅棉繩褪了顏色。

抱歉一直在寫過去的事，下次再寫現在的事好了。

剪頭毛

我喜歡剪頭毛。

而且我喜歡去阿嬸的家庭理髮。以前剛去時尚雜誌當主管時，為了讓自己看起來人模人樣一些，所以特別去了一家知名髮廊，剪出來當然相當帥氣，但就是不習慣，覺得氣氛冷冰冰的，好像自己的頭不是人頭，是個大理石雕像似的。

家庭理髮很不一樣喔，首先程序上就比較傳統，先剪再洗頭，洗完可以用熱呼呼的毛巾抹臉，但是到髮廊去卻是先洗頭再冰冰地剪頭毛。（這兩種有技術性上的差別嗎？）阿嬸一邊剪頭毛，一邊也跟其他的阿嬸大聲聊天。（阿嬸們如果沒在剪頭毛，大部分都在揀菜和帶小孩）聊天的題材從植髮手術、釣魚、捉果子狸、互相調情、客人的婚姻問題都有，簡直聽盡人生百態，有一次我聽她們說某職棒隊可以簽，因為組頭已經都買好了，果然沒多久那隊就爆出假球案！

在家庭理髮的過程裡，我最喜歡是修臉時躺在椅子上，阿嬸先在我的下巴臉頰塗滿冰冰涼涼的刮鬍膏，然後用熱得發燙，帶有杏仁味的毛巾蓋到我臉上。我閉著眼睛，就這樣躺著一兩分鐘，讓那熱氣滲進鼻腔和毛細孔，有一種把腦子裡的橡皮筋鬆開的感覺，剛剛進門前的煩雜都蒸發掉了，準備進入午后的夢境。

罵老婆

我喜歡罵老婆。

我們兩個早上會一起上班，一起床就要去上班，心情難免不太好，老婆要是這時不小心踩到我的地雷，我就會氣上一整天。分開之後我會在心裡想，下班以後我一定要好好罵她不可。

我在心裡盤算，到底要罵她什麼？光早上踩到我的地雷這件事還不夠，最近她是不是也有做了其他讓我生氣的事情呢？但是她一定會對我說：「不過是件小事，你幹嘛那麼生氣？」我得趕緊複習一下，是不是以前我也踩過類似的地雷害她很生氣，我想一定有，那她現在才沒立場叫我不要生氣咧。內容準備好之後，甚至連要怎麼開場、推論、破哏、結尾都想得一清二楚，光這樣一整天就非常興奮。

下班後，她在捷運月台等我，一看見我走出車門就走過來牽我的手。看著我的臭臉，她說：「怎麼了，你在生氣啊？」我故意說：「沒有啊。」其實心裡已經準備好，她再問一次：「怎麼了，你在生氣啊？」我就要說我的開場白。

然後我們搭上手扶梯，但這手扶梯實在太長了，（真的，不然您去海山站搭搭看）等到抵達頂端時，我也差不多把盤算一整天要罵她的話給忘記了……真是糟糕，記憶力不好真是太糟糕了啊，又被老婆賺到了！

倒垃圾

我喜歡倒垃圾。

不過後來不喜歡了，因為倒垃圾已經變成了一件讓人神經緊張的事情。之前住公寓的時候，沒人管理這件事，平常日得上班，一整周唯一能夠倒垃圾的機會只有周六下午，只要錯過了，垃圾就得再堆一整個星期。那為什麼會錯過呢？這就是讓人神經緊張的地方，因為那邊的垃圾車來的時間常常變啊！我要不是提了垃圾去等了大半個小時車子沒來，要不然就是忽然聽到垃圾車的音樂聲才驚覺地衝下樓，穿著夾腳拖鞋跑上兩百公尺，像接力賽似地把垃圾交棒給清潔隊員。有一次我實在生氣了，就打電話去市公所的清潔隊問到底垃圾車何時會來呢？電話的那頭查了許久，告訴我一個時間，「你們那裡是這個時間沒錯喔。」

但我在電話這一頭都快哭出來了，「我今天就是這個時候去等的啊，它就沒來啊……」

「呃……那我也不清楚耶，很抱歉，這個不是我管的……」

我懷念起小時候倒垃圾的時光啊，每天吃完晚餐，跟父親提著一袋垃圾，或是用鍋子裝著廚餘，悠哉地散步去社區籃球場旁的垃圾收集處丟掉，然後看人家打一會兒籃球，雖然是倒垃圾，卻是一日最無憂無慮的時刻。在那樣的夜裡，我還記得空氣中瀰漫著七里香的清新氣味。

幾年前，我看見李新競選市議員的大型廣告看板，大剌剌地寫著他要是當選市議員，就要推動可以把垃圾交給便利商店去倒，覺得他實在太懂百姓的需要了，這是我第一次看到一個能打動我的政見，心裡非常感動，我要是在他的選區，不只投票給他，還會幫他拉票。讓百姓盡可能無憂無慮地生活，不就是政治人物該做的事嗎？但不知他最後是否有做到就是了。

輯四
「略讀生活」

氛圍與情節的基本立場

去年底，因為要在黃金博物館跟一位地方文學獎得主對談的緣故，難得去了一趟金瓜石。距離上次去金瓜石，大概有十幾年的時間了，幾乎沒什麼印象，也沒什麼感覺特別留下來。（不過，九份倒是多去了幾次，那種商業的氣息記得很清楚。）

這位地方文學獎得主是個土生土長的金瓜石人，對這整個山城非常熟悉，當然也非常熱愛家鄉，關於金瓜石與九份的故事、步道、野史傳說，隨口說來妙趣橫生，一邊與她對談，一邊真能感受到小鎮人情的流轉，以及當地滄桑的歷史感。但是少了一點什麼呢？我無法克制這樣的感覺，「在什麼地方不太對勁，少了點什麼，好像那些故事，發生在其他地方也無不可？」是故事本身的問題，或是敘述技巧的問題？

既然千里迢迢來這裡對談了，索性訂了山頂的一家民宿過夜。這民宿本來是個舊廠房，塗了鮮豔的顏色，依著山與殘留的工業廢墟，對面則能一覽一層層的山丘起伏。那天，一直下著時大時小的雨，天氣也是入冬以來最冷的一天，在這山頂上所能見到之處，幾乎沒有人煙，大片的芒草刷洗著空空如也的霧氣。我望著粗黃色石塊裸露的山景與山下的那些蜿蜒柏油路、路標、連續長形而空蕩失意的灰藍色廠房，我知道，這山頭下方則另有密布的廢棄礦道，彷彿不是人的離去而使其空白，倒像是有一日空白巨大化了，擁有了意識而吞滅了人。這一瞬間，我明白了在對談時，我為什麼會覺得，那些故事好像少了點什麼，在那樣充滿不吐不快的對談氣氛裡，而我自己急切想要傳達如何寫作故鄉之美的高昂演說裡，徹底欠缺的東西是什麼。

於是我想起來童偉格。

我喜歡寫的，多半是有關海的、港灣小鎮的故事。我不懂山村是怎麼回事，因此我過去讀童偉格的《王考》與《無傷時代》時，我知道這些是好的小說作品，卻沒有辦法將感動讀到心底去。在這一瞬間，我既羨慕又嫉妒地了解了，童偉格將山村的題材寫到了一個什麼樣的境界，「厲害！就是這樣子的氛圍。沒有這種氛圍，所謂山村的故事便不存在。」我心裡這麼想。

那麼關於《西北雨》，便是這種氛圍最極端的呈現。我訪問他時，他坦白地說，「這小說的故事情節零散是刻意所為，完整故事的推動並非此小說的重要目的。」他甚至避免講述故事內容。我想，這目的在於避免了讀者深陷於閱讀與追逐小說情節的歡快感，而無法感受整體之氛圍。必須舒緩，必須緩慢，必須耐心，必須要一句一頁地細讀，才能感受這小說的美好之處。不該讓飛快的情節牽扯著飛奔，不對固定人物角色有明確的愛好，不要對接下來有什麼有所期待，未來並沒有不同，在這山村裡頭，時間是佝僂的老人，只能以枴杖緩慢助行。

因為情節的零散，我們如在霧中，但這霧也太過迷人。童偉格刻意選擇的讀者，必須得耐得住寂寞，正如古舊沒落的山村選擇它的居民一般。讀者得試著在迷霧中尋找出路，（或是漫遊）但必須忍得住一次又一次地挫敗，在我們的前方，永遠只有霧而已。原本，小說的情節與情節的縫合之處，應該有一條道路可以通行，或至少有一堵牆標誌出界線，但是在這裡並沒有，像是沒有翔實地圖可以依靠。

就如同我們在山村裡走著一般，在不同的場所之間，或是山村與山村的交界，海洋與陸地的邊緣，都只是一片霧覆蓋著而已。我們摸索著前進，並不知道穿透這霧之後會是什麼。

我們在霧中的山村失去了實景，而小說裡，則在驚人的描述文字所構成的氛圍裡，失去了情節，這終究是好或是壞呢？在《西北雨》中，童偉格比過去的作品走得更遠，更徹底，更偏向小說這種技藝的某一邊，這是童偉格此次對小說美學的選擇，也就是說是基本立場的問題。因為美學或宗教的基本立場是無可做理性辯論的，而依此立場展開的實踐成果上，我想他完全達到了他想達到的成就。

詩應有的樣子

我最早是寫詩的。大約從國中一年級開始，就以一天一首的速度，將詩寫在一本繩裝的深藍色硬皮封面筆記本裡。

會開始寫詩的原因很簡單，就是為了討女孩子開心。每天，我會將深藍色筆記本放在書包裡帶到學校，幾個女孩子等著讀。因為這樣的緣故，即使像我這樣不起眼的書呆子，也有女孩子願意默默用等待的眼神看我，就好像我用了什麼卑鄙的手段，才足以得到如此的幸福。

直到有一天，老師將我叫去辦公室，要求我不要再搞這回事了，否則會考不上高中。害了自己，也害了學著我寫詩的好女孩。而我還真是聽話，從此之後的幾年之間，再也不寫一首詩。或許幸好如此，我還真的考上了第一志願。

等我再恢復寫詩，已經是大學時代，從那時候起，我就一直幻想有一天我會是個詩人，事實上那時也在許多報章雜誌發表了詩作，有人開始稱我為「新生代詩人」或「學生詩人」一類的，學弟妹們會唸我的詩、模仿我的詩寫作參賽，那麼遲早我會出一本詩集吧，成為真正的詩人。不過，就如同現在所見的，我一本詩集也沒出，再也沒有人，一個也沒有了，沒人會稱呼我為詩人。假如每個詩人的頭上有一個光環的話，原本在我頭上要成形的那個，大概已經被資源回收了。

想起來便很悲傷，「要是能成為詩人就好了……」我這麼想，「如果再堅持一些就好了。」就跟失去純真、失去青春歲月、失去愛情一樣，那樣的悲傷。如果最終不能成為小說家，可能會像是斷掉腦袋，但無法成為詩人，就像挖掉心，丟了靈魂，剪去與過去相連的臍帶。

當我一看到嚴韻的《日光夜景》，無法成為詩人的這件遺憾居然回來糾纏我。但這是很奇怪的事情，許多人贈我自費的詩集，有些亦做得十分漂亮或有氣質，詩也寫得棒透了，卻從來沒有給我如此的觸動。究竟是哪裡不同呢？

我花了時間想，最顯而易見的其中一個理由，應該是這本詩集是用活版印刷，一個鉛字一個鉛字拼版印製而成的，這讓我直接地回想起，從前讀洪範出版的那些美好設計的詩集，全部都是年輕時我最珍惜的事物，還有那時與寫詩、讀詩息息相關的生活、許多與詩相關的人，這些人、事、物，再也不會返回了。

而閱讀《日光夜景》時，真的觸摸到那些詩句的存在，就好像是告訴我，過去的歲月裡，那些我曾經深愛，並且花費一夜又一夜寫作修改的詩句，的確是存在的。雖然這些並不是我的詩，但詩既然做為詩，我的詩與嚴韻的詩並沒有什麼不同，在本質上，在最深的裡面，詩有一種與眾不同的，與小說、散文、備忘、廣告文案、留言、推特、噗浪、新年賀詞都不相同的，就是詩必須被「刻進」什麼東西裡去。正因為要刻印進去，就能將想要傳達的東西，具體而不妥協地讓對方或自己知道，會痛會有損傷會無可挽救。

刻在石頭上木頭上都行，連紙這麼薄的東西也可以刻進去才對，即使是最難以捕捉、定義的心思或是靈魂，都能做為被詩所刻印的載體。換句話說，原本是由一片思想、一段口語、一行文字這些抽象事物所形成的「東西」，一定要成為可以被撫觸，有凹凸形狀的，有侵入或蝕刻的，割裂或切剖的，才能被稱為「詩」。讀詩或者寫詩的時候，就要像是傷害自己一樣，不得不如此。那些傷害深深透進去，一直殘留到現在，成為全部身心的一部分，可以是光榮的印記，也可以是不堪的過去。依照我私人的經驗，寫小說與散文或其他文類，都沒有那麼有椎心之痛。

我讀《日光夜景》時一度哭了，身體像是被電擊似地顫抖著，無法抑止。那是讀這一首〈背叛〉的時候。

那天晚上我們冒雨過街
說好去看最後一場電影
淋到濕透
才發現牽著是別人的手
燈光突然就熄了

乍看之下是非常簡單的一首詩，沒錯吧。

前兩句是敘述者回憶的過去式，只隔了一句「淋到濕透」，忽然間「才發現牽著是別人的手」已經變成了敘述者的現在式。如果我們將自己當成「那天晚上的我們」，就像是一瞬之間，轉過一處街角，便驚訝地發現自己身處在一個令人感傷的未來時空。

戀人們淋著雨去看最後一場電影，僅是尋常夜晚的一種樣貌而已，但誰曉得會發生什麼事情呢？這是最讓人傷心的地方啊，那麼無情，也毫無轉圜餘地，到底會怎麼樣戀人們無法控制，只有淋得濕透而已。然後讓戀人們反省也無法反省，連一點時間也沒有，「燈突然就熄了」。

我的意思就是這樣的，讀這詩讓人有椎心之痛。與題目〈背叛〉無關，（我不喜歡這題目）而是這詩讓人想起過去與現在的關係，不管是誰一定都會有過去與現在的關係，因此也一定在身上會有殘留的傷害。我想，這就是詩應有的樣子。

我願活在妳的散文裡

我想當小寧的好朋友。

但是她的好朋友太多了，不知道什麼時候才會輪到我。所以我有時候很羨慕周夢蝶啦、傅月庵啦、運詩人啦、駱以軍啦、周月英啦……嘩啦啦的一群人。而我這個人很愛抱怨，每次都抱怨她幹嘛來台北老是去住運詩人家，反正白天眾多朋友們全都排好隊陪她看電影、逛書店、去北海岸玩、喝咖啡、吃飯、拜訪作家有的沒的一類的，也該過癮了吧！那麼，如果晚上來住我們家，不是能多一些說話時間嗎？

之前我們去香港旅行，住的就是小寧家。她只要有空，班可以少上一些，幾乎全程相伴，吃大館子、泡道地茶餐廳、準備宵夜、跟香港作家混PUB喝酒，一點錢也不肯讓我們花。回程前和我們深深擁抱，又率性推開，彷彿往後難得再見般的猶疑不捨。

回來後，女友說：「唉，難怪小寧朋友這麼多，你要多學學人家。」

「往後小寧來台北，食宿一切由我們打理。」我發誓說。

小寧不肯。

「不好意思麻煩你們啊。」她說，「阿運那邊住慣了。」

結果還是輪不到我們。

女友從前在《誠品好讀》工作時，認識了正旅居台北的小寧，她一邊幫香港、中國的報章雜誌寫專欄，一邊談著甜美難得的戀愛。不過，等到女友介紹我們認識的那刻，這段戀愛已經變成回憶——都是巴黎鐵塔害了他們——如果有興趣知道為什麼的話，不妨去翻翻小寧的新書《風格練習》，第二八頁。

我們三人在東區咖啡館吃著好吃的鬆餅，我的背後剛好坐了陳綺貞。那時，小寧已在中國出版了《六月下雨　七月炎熱》散文集，但我還無緣一讀。我看著她美麗微暈的臉龐，心想這個能操持優雅英語、法語，擁有留英社會學碩士學位、當過社會線記者與報紙文化版主編的秀異作家，究竟喜歡寫些什麼？我有些要不得的偏見：像這樣見識聰慧的女人，總會寫些令人覺得吃力的文章。

後來，我們偶爾在MSN上說話，簡單談談彼此近況，去年，她休假去紐約進修劇場課程數月，卻反而弄壞了身體，長日無法入眠，她在MSN上說著，這無止盡的折磨讓她無法繼續寫作。我在螢幕這邊生氣，但照樣束手無策，什麼忙也幫不上，只能說些安慰人的老生常談，小寧不嫌我自大狂，靜靜地聽我說，反倒成了她在包容我一番愛教訓人的脾氣。

也讀她的書，讀上了《六月下雨　七月炎熱》、《八月寧靜》。我鬆了口氣，她不寫令人覺得吃力的文章，不寫張牙舞爪炫耀博學多聞的論理知識，不用僻詞典故與讀者的眼睛腦子打架。彷彿一次午后興起尋訪故人的散步，「某個天陰陰的下午，我帶把小傘出門去，想去看蘇珊的墓。」（〈掃墓〉，《八月寧靜》）

她寫蘇珊桑塔格的無名墓碑一景。她寫巴黎女子「十六歲時學會滄桑，六十歲時無懼像少女一樣懷春。」（〈巴黎女子〉，《八月寧靜》）就像她已透視了人情歲月的奧妙。她寫貝克漢，「令英國男人在國際求愛市場提得起頭來……讓男人有了感懷身世的理由，女人有了幻想的餘地。」（〈極品貝克漢姆〉，《六月下雨 七月炎熱》）像在酒吧閒談間，小針小刺地扎了旁邊的男人一下。她也寫種族問題、文學、音樂、藝術、電影、文化理論，但無論她寫的是什麼，都像是寫街巷尋常小事，輕若浮夢。「或許只是一時的感悟，一時的觀察，像夢一樣……然而，生活就是由這些短暫的、如夢的微塵細物積聚而成。」小寧在《六月下雨七月炎熱》的後記這麼說。

而在二〇〇九年的新書《風格練習》，小寧比過去少寫了那些名人大事，更專心於「只在平淡日常的述說裡凝固一刻瑣碎印象，收納記憶、經驗、紀實……所謂的風格練習，卻是更接近生活的基調。」於是她寫了書店託管她的心、鄉愁的奶茶、放暑假、垃圾分類、巴黎的狗大便等等安穩現世，她寫〈消失的旋轉木馬〉：「某段愛情，某段相交，也是這樣。有片刻如墮入繽紛的迷離……然而在還沒回過神來的時候，黯然發現廣場上甚麼也沒有，所有繽紛已在夜裡悄然隱退……」

送給讀者一則反芻日常的寓意。

也在台北看了她巡迴兩岸三地的「練習場」朗讀劇，（身旁坐的是她忘年之交周夢蝶）搭配音樂與她自己拍攝的照片投影，小寧或走或坐，在舞台上朗讀《八月寧靜》裡的文字。今年六月，她跟香港獨立樂隊 my little airport 的阿 p 合作，又有一個文字結合音樂的表演，「藍白紅風格練習」要在香港登場。

偶然想起時，去她的「塵翎部落格」讀她最近遇見的人事雜感，讀她去北京、上海、台北、廣州、巴黎、紐約的旅行，讀她的思想，讀她筆下的朋友如何相親相愛，如何別離重聚。光讀這些便足夠讓我明白，為什麼她有一群始終深愛她的知己讀者。所以，有時我安慰自己，沒法當小寧「現實上」的好朋友也沒關係吧，我想像如果有一天，她能讓我出現在她的散文裡一角便好了，我就滿足了。（但這是不是更奢侈的想望？）就像是在〈八月寧靜〉的開頭，她寫了：「我在窗前寫信給一個朋友：如果八月你來，你就會得到一個寧靜的巴黎……」（《八月寧靜》）倘若，那收信的朋友是我，便好了。

或者，也可以像是〈好的睡眠〉，在蒙馬特的咖啡室裡，小寧伏案小睡，「時光就在夢裡悠悠而逝，直至有人推醒我，看看時間，傍晚六時多了，巴黎的夏日仍明亮燦燦……因為這一場午睡，我便總記得這個蒙馬特的下午。」（《風格練習》）當她記得這下午，也必然一併記得推醒她的人，而我寧願就是那咖啡室內，有一搭沒一搭地望著她睡去的友伴。

又或者，她會像「有一天，我將會想念巴黎的咖啡店，為的是那些侍應生們。我多麼喜歡他們。」一般，以一支短舞、一次魔術、一個飛吻、一臉害羞，描寫一位可愛男生的日常句子，記下身在台北的我。（〈侍應生〉，《八月寧靜》）

但其實啊，說到後來，我是否能出現在小寧的散文裡，一點也無關緊要。我只是自顧自地想，要是真能活在一如她恬淡靜好的散文，好像總是在思念遠方、思念友人、思念微小事物的世界裡便好了，我只是想成為她眼中所喜歡的那樣子的人，或一瞬間的光影也行。

我的女友最近成了我的妻子。小寧在最後一刻，決定抱著仍未病癒的失眠身子，飛來參加我們的婚禮。這是她自紐約返港後，第一次出國遠行，為了我們。

我們在新家接待她，聊著文學圈子裡的八卦，她笑我怎麼回事，怎麼什麼緋聞情事都不知道，不像個在文壇打混的人。

離開前，我領她看了看家裡房間擺設。站在客房外，我又打算問她來住嗎？

「真好。」她輕聲說，「我在台北有第二個家了。」

下次小寧來，我想我可以算是她的好朋友了。

PS.「睡眠。

我開始睡得好了。身體恢復中，不容易啊。珍惜這失而復得的狀態。」

（May 17,2009，塵翎部落格）

太好了！

讓人嘴巴發乾的抽象小說

我只去過兩次香港。

一次是和女友去拜訪作家陳寧，也就住在她家，在一處菜市場兼玩具街裡的舊式公寓。晚上，她帶我們去蘭桂坊附近吃道地的茶餐廳，後來在一家PUB喝酒，見了李照興、朗天、潘國靈等等作家，還有一位導演與《號外》雜誌的美術編輯。據說，如果有顆炸彈在該處爆炸的話，香港文藝圈便會隨之瓦解。

另一次是因為工作，去《明報周刊》的總部參訪，在港邊，非常陰暗寂寥的天色，一直颳著強大的風雨，有點像是工業區的感覺。但記憶並不確實，我想。

所以去了香港，並沒有好好地購物，（雖然後來買了訂婚戒指，果然便宜許多）

我到底做了什麼呢？應該是逛了百貨公司、坐叮噹電車，還逛了荷李活道的古董街，吃了陸羽茶室，最後去了南丫島吃海鮮一類。但是如果真有人問起我對香港有何感受的話，除了電影台一直重播，以至於片子受損嚴重的黑道電影、大堆頭賀歲片與周星馳之外，首先會在我心中浮起的雜亂印象，相當模糊，當然也稱不上是什麼「心中的風景」。

韓麗珠的新作《灰花》或許就能叫做是「心中的風景」，一處我們從未窺見或能想像的香港。（不只是台灣人，我想對大多數的香港人來說也是）

這是一本相當難讀的小說，這是首先必須提醒的。以比喻來說，如果甘耀明的新作《殺鬼》是一本盡可能以真實細節來具體呈現一處虛構情境的小說，那麼《灰花》恰恰好相反，是一本盡可能以虛構抽象的事物，來呈現真實景況的小說。前者致力於「感官經驗」，而後者致力於「抽象思考」。前者是用讀的，後者倒像是用嚼的，嚼得越久，才會有所滋味。

《灰花》的故事橫跨四個世代。依照作者本人的說法，原始構想是以其來自馬來西亞的外祖母做為中心，寫作一連串家族史的故事。不過只要一讀進去，就會發現所謂的家族史只是個空殼子，只是從遍地灰燼中勉強拼湊出來的骨架而已。

全書分為四大部分，分別是「橡膠園」、「種夢」、「灰飛」、「花開」，從最早一代曾曾祖父、曾祖父米長根、外祖母米安、母親陳葵，一直寫到自己的故事——整座香港島上所從事最具意義的行為，就是爭取睡眠的自由，做夢的自由，（即使做夢在小說裡常常是一件不可理喻的「惡事」）並且對抗執法者，但最終對抗與被對抗者，皆充滿對這世界的無力感而逝去。場景亦由馬來西亞，轉移至兩代眼中不同的香港。雖然全書的語法一致，但確實非常巧妙地，在抽象困難，隱喻過多的語言裡，轉換了不同的城市氛圍細節。

詳細的解讀可以參見李瑞騰教授寫的〈化作春泥更護花——我看韓麗珠的《灰花》〉一文，（《聯合文學》二〇〇九年八月號）但是要在當中找到一個連續時間感的主軸，我覺得非常困難。不過，這本來就不是作者想要的吧，我想。一個完整的主軸，並不足以表達離鄉背景的苦痛，也不足以描寫香港這個蕞爾小島，被許多無機的建築物分割的支離破碎。

至於《灰花》是什麼意思呢？這自然是全本小說的核心，簡單來說，香港即是一間巨大的骨灰工場，將日積月累的死人燒成灰燼，並製造成器皿用具。新生的人們就在此一骨灰、煙霧瀰漫，而且睡眠困難的場域中生活，恰如一朵朵盛開的花。濕潤的植物與乾燥的骨灰，成為鮮明而哀愁的對比，貧瘠的骨灰居然能養出妖豔香味濃烈的花朵？這是什麼可怕的世界。

一邊讀，一邊覺得嘴巴都乾了起來。

「……她的孩子，坐在一堆扭曲的肢體的頂端，就像第一株從灰泥裡冒出來的花朵那麼鮮嫩。」

沒有人可以逃離最後變成老人，躺在床上等著被送進骨灰工廠的命運。

像是韓麗珠一般的香港作家，他們所處理香港此一城市的角度，以及所呈現的焦慮感、荒謬、變形或者無聊等等情況，如今在台灣並無法那麼切身地感受。我想，早些年某些台灣作家的作品，或許還能反映類似的焦慮感，不過近十年來與韓麗珠同輩的作家，許多已轉向鄉土題材作為小說發展的場域，前述的甘耀明、我自己、童偉格等人都是如此。而韓麗珠盡其可能地，正如董啟章所言，幾乎是打算要完成一個世紀工程的，重新為香港這座城市的種種名詞或現象，重新定義，並且批判。在這一點上，以及她所呈現的成果，目前在台灣同輩作家中，的確尚未見到足以匹敵的風格。

還有一點，值得台灣年輕作家反省的，（但不知道是好是壞）包括韓麗珠在內的許多作家都這麼認為：「因為香港人不重視文學，寫作者也就不重視讀者，於是就能隨著自己的心意寫。」這麼一來，確實鍛鍊出了像是董啟章、謝曉虹、韓麗珠等等風格驚人的小說家。從好的方面來說，當我們在熱烈追求個人風格之際，或許就是缺了一點這種破釜沉舟的心態。不過，從壞的方面來說，像是《灰花》這樣的作品，就容易變得非常難讀，非得，依賴讀者深深地讀進去才會知道究竟是怎麼回事。（假如作品是要發表，而不只是寫在日記本裡）

但是這種能夠包容「深深地讀進去」的時間與空間，恐怕比《灰花》裡難得一求的柔軟睡眠，來得更加奢侈。

尋找西西迷

「這世界上必然有所謂的西西迷吧？」

我忽然想到這樣的疑問時，便試著問了問站在身旁的女友。那時我們正在劇烈搖晃的公車上，幾乎要扯掉拉著吊環的手。因為捷運工程施作的關係，車子、圍欄和起重機的機器臂堵塞得相當嚴重，我們已經誤了正要前去的重要家族聚會。

「我身邊的朋友，好像沒人跟我提起過喜歡西西的呢？」我說。

「我倒是有幾個朋友非常喜歡她。」女友說。

「是誰呢？」

「什麼是誰？」

「妳喜歡西西的朋友是誰呢？」

「嗯……怎樣？」女友想了想，「是誰有很重要嗎？總之就是有人喜歡西西。」

「嗯，雖然還不到自認為是西西迷的程度，但我也很喜歡西西，而且是從八十年代開始就很喜歡了，我只是想知道有什麼人也喜歡她。」

「說了你也不認識。反正，並不是只有你一個人喜歡西西就是了。」

我當然知道這世界上不會只有我一個人喜歡西西啊！但是西西在台灣一度引起的熱潮確實已經消滅殆盡了沒錯吧！如果現在馬上走到大學文學社團裡隨便捉一個人來問的話，我想這傢伙會說：「西西！啊，西西最棒了，我最迷她了，我好想要她的簽名喔！」的機會，應該比恐龍復活的機會還要少吧。

於是晚上回家之後，我有點賭氣似地在ＭＳＮ上問了幾位寫作的朋友，（但是真想請問一下：「你們到底有沒有在好好寫作啊？」這些作家幹嘛整天都掛在ＭＳＮ上！）是否有誰是西西迷？

QWERTY：西西？還好耶，不熟，沒什麼印象。

Asdf：她寫得還可以，短篇隨手拈來的樣子很有趣味，用字用辭很詩意，不過有點小娘就是了。

Hjkl：要找駱迷還是朱迷的話倒是很多，至於西西迷的話，我一個也沒見過。

Bnm：你想訪她嗎？她這幾年在香港也很難見得到面了，我再幫你問問看。

dfghdsda：一九六幾年就能寫出那樣的東西，實在非常敢寫，寫外國題材、場景、人物啦，跟寫她家巷子口的故事一樣輕鬆愉快，真是讓人Orz。那時候我們大概連小腦跟延髓都還沒長完全咧，你生都還沒生咧！

Rtyii：以前看覺得很前衛，也很會用魔幻寫實這招，唸書的時候是有迷過她啦，不過現在就還好，這種風格很多人寫了。咦，你不是就會搞這個？

uiwo：你哪位啊，怎麼會有我的 msn，我又不認識你。

第二天，起床換上新的白T恤，胸口有「成功文具」四個紅色明體字繞成一圈。

我把《母魚》和削好的HB鉛筆一起放進靛青色染布書包（MOGU蘑菇）裡，走路去一家美式餐廳吃早餐。我一手用叉子將雙顆荷包蛋的蛋黃刺破，跟煎火腿黏黏稠稠地拌著吃，另一手在一九七五年的短篇小說〈星期日的早晨〉上打勾，選擇自己想要的情節，完成一篇專屬的私人小說。這種互動式小說給人一種像是跳房子或打彈珠似的，很可愛的女孩兮兮的遊戲感，我在一九九八年寫的〈稍縱即逝的印象〉短篇小說裡，也用了心理測驗來製造同樣的效果。（唉，原來西西已經做過類似的了）

在我最喜歡西西的時光中，一定也有許多西西迷吧；社團裡啦、學生報社啦、電影社和地下書店裡啦，只是如今都沉默不語或彼此不再連絡了。

那麼，所謂的西西迷也就成了一種彼此默認，（嗯……是啊，我知道你也是。）但仍然不得不向過去告別的身分。

十八歲的世界裂開了

因為是村上春樹的關係，所以想寫一些私人的瑣碎事情。

我是十八歲的時候開始讀村上春樹的，那是一九九〇年，《挪威的森林》已經在日本出版三年了，對他本人來說非常不可思議地賣出了四百萬冊以上，他從歐洲長居回國後，深陷於大規模的促銷廣告與邀約活動之中，還覺得相當不適應。「最高興的是，很多讀者對我的作品很熱心。換句話說『十個人中有一個人』確實會回頭再來讀……這對我來說是理想的——至少是非常舒服的——狀況……雖然《挪威的森林》賣得出乎意料之外的好，使得這種『好心情』的狀況被迫有一些改變……」（《關於跑步我說的其實是……》，頁五〇—五一）

那也是我讀的第一本村上春樹，在此之前我一點也不認識他，仔細想想大概也沒聽說過名字。只是在中學對面的連鎖書店裡，偶然買了書而已。（故鄉出版社的非授權版本，非常粉嫩感的封面，可能有「日本暢銷小說家村上春樹」一類的書腰。）讀完之後，立刻又去找了時報「藍小說系列」一九八六年至一九八八年間出版的《失落的彈珠玩具》、《遇見100％的女孩》、《聽風的歌》，另外也找了皇冠版的《麵包屋再襲擊》和《電視國民》，（雖然時間沒有相隔太久，但並不是隨便一家書店裡想買就買得到了）那時的村上春樹對台灣人來說——或許現在的讀者不太能理解實際上的感受——有點微妙似地，好像有點不知道如何說出口似地，處於一種祕密傳教的姿態。那時，要是我的周圍有所謂的日本文學愛好者的話，大約可以簡單地歸類為赤川次郎派與川端康成派，只有相當少數的人，開始讀起了村上春樹，並且像是將他的故事、想法、筆調、美食愛好與音樂選擇深深地吸進肺裡去地接受。就我個人來說，非常有啟發性，我幾乎可以看見原本的世界像是冰山一樣在我眼前裂開了，我環顧四周，感到一陣恐懼，害怕身旁的人發現我正漂離他們而去。我大學一年級參加文學社團時，絕大部分的社員都未曾讀過任何村上春樹，因此我也成了第一個社團裡領讀村上春樹作品的人。現在光是這麼寫下來，都覺得有點不好意思，畢竟又不是決定去參加十字軍解放耶路撒冷，但那時的我，怎麼會有那麼單純而又激動的情懷，急切地想跟他人分享些什麼事物，真是搞不懂啊。

當然，後來村上春樹也終於完全席捲了台灣，開啟了到處都「感覺很村上」的時代。除了各式各樣的報導與論文之外，許多作家不管是否為有意模仿，都被冠上了「台灣村上春樹」的頭銜……非常幸運的，我也被這樣子說過。（但是如果要我推薦一位最棒的類似感覺的作家的話，請去讀陳輝龍的小說《南方旅館》、《每次三片》、《寫給C》等等。）

我想都過了這麼久了，裂開的冰山在大洋漂流一段時間後又悄悄地融合在一起。每次接受訪問，或是學生問我最喜歡的作家是誰，我仍然會假裝思考一下，然後還是有點不好意思地說：「村上春樹」。（另外一位是伊塔羅．卡爾維諾）我想，在他們的心裡可能會冒出一句：「切，村上春樹是老梗了吧，這麼俗。」或者會是另一句：「村上春樹？沒啥水準，難怪自己也寫得不怎麼樣。」害大家這麼想，很抱歉……（村上春樹本人大概會這樣表達吧）不過，當年深深吸進肺裡接受的一切，已經無法抽出來還回去了。

「『我一直在讀您的小說，已經持續二十年以上了。』她說。從十八九歲開始讀，現在已經快四十了。人都是公平地上年紀的。『謝謝。』我說。微笑一下，握手告別。我想我的手應該是汗濕的。」（《關於跑步我說的其實是……》，頁一〇二）

嗯，關於我讀村上春樹的最終感想，大概也就是這麼一回事。

居酒屋式隨筆

隨筆這種文體有些微妙，比方說我們對作家的分類有小說家、散文家、詩人、童書作家、繪本作家等等，不過似乎很少有人以「隨筆家」做為主要的面貌。但這不是說寫隨筆是件容易的事情，相反的，可能還比自己的寫作本業還來得困難，如果仔細讀讀各式各樣的隨筆就會發現，有些隨筆只是「變短的散文、書介和小說」而已，就好像某人的本業是做皮厚餡足的傳統包子，但另外也做了「小包子」方便嘴巴小小的ＯＬ和小朋友食用，但萬萬不能因此說他做出了「小籠包」，呃……如此的比喻，大家是否能明白呢？

我想還是村上先生本人要說的好一點，在《村上收音機2》的前言裡，他說：「我本業是小說家，認為隨筆基本上就像『啤酒公司製作的烏龍茶』般的東西。」其實，我覺得還可以進一步說，村上先生的小說與隨筆的氣質與凝視事物的方式相差甚遠，一讀就知道了，但如果讀過他一般散文的話，也會發現即使都是「散文體」的東西，隨筆還要來得更輕鬆與頑皮，並且如果以他發明的用語來說，也就是更接近日常生活的「小確幸」。會這樣的緣故，當然是因為《村上收音機》與《村上收音機2》都是為《anan》這本給二十歲前後的年輕女子所寫的專欄文字，村上先生說不知道這個年齡層的人想要讀什麼，所以就依照自己喜歡的方式去寫，他接受《聯合文學》獨家專訪時便說：「我是以像在居酒屋或酒吧和熟朋友一邊喝酒，一邊輕鬆談話的心情寫隨筆的……盡量讓對方心情愉快，覺得好笑。」好笑歸好笑，不過坦白說，這樣的比喻有點危險喔，我個人當然沒問題，但如果文章裡流露出大叔味的話，台灣二十歲前後的年輕女子真的也會喜歡嗎？

還有一點點想法則是做為村上狂的我想提供給其他村上狂的，您是否覺得《村上收音機》與《村上收音機2》雖然乍看之下很像，但還是有點溫度差呢？我自己覺得相隔十年之後的文章，每個單一段落帥氣地削短了，文體要比之前來得更為洗鍊，好像可以更乾脆俐落地把蔥切成細段。而且心情上似乎也有所轉折，請讀《村上收音機》一〇六頁〈相當有問題〉這篇，和《村上收音機2》九八頁〈乾脆放棄算了〉這篇，同樣寫了他剛得新人獎，卻被出版社的人說：「你的作品相當有問題，不過加加油吧。」在結論的方式上，十年前的他會反省「自己相當有問題沒錯」，但十年後的他卻拉高層次批評了「公司器量」和「日本經濟」有問題。

嗯，畢竟已經過了十年了，沒有新的想法也太那個了，不過居然會關心文章這種小地方的我，其實就是很閒吧。

神祕時刻

你的人生是否曾經歷過某個神祕時刻？

所謂的神祕時刻通常發生在普通時刻裡的一瞬間。（即使是經歷了一段較長時間，亦如一瞬間的驚人）如果用比喻來說的話，就像是把所有時間當作法國麵包一一撕開來檢查，才會偶然發現，「啊，這裡有個硬硬的神祕時刻。」但是因為根本不可能這樣一一檢查，而光從外表又的確看不出來，只有咬中了才會知道。

無論你對「神祕時刻」的想法為何，我幾乎敢用手指頭戳進你的眼睛裡般地斷言：

「你必定經歷過。」

「什麼啊，才沒神祕時刻這回事，我的人生普通得跟白饅頭一樣。」

雖然你可能想都沒想地就這樣回答，但不妨先在心中保留一小桶空間，那麼當你在閱讀以下我的神祕時刻發生了什麼事的這段時間裡，你便可以一絲一絲地將桶子垂入從腦皺摺挖掘出來的深不見底的井裡，汲取以為不存在的記憶。

那是小學時代某個星期日傍晚，正如上面所說的，一個再普通也不過的，令人想到隔天又要去上學而洩氣透頂的星期日傍晚。我和一群同樣住在附近四層樓國宅公寓的孩子，在鐵路邊的草地捕捉蚱蜢和螳螂。

我想更仔細點說當時的場景。

這鐵路穿越一整區國宅公寓邊緣、貨櫃集中堆置場、籃球場、溜冰場、漁獲產業道路與一處水泥圍牆包圍，鋒利雜草高過人身的荒地，以及一座防空壕。

而在鐵路與國宅公寓交界之處，有一長條被低圍竹籬與菜田分割零碎的草地，那便是我們慣常遊玩的地方，除了捕捉生物之外，也能焢土窯和向彼此丟石頭。

至於氣味方面，由於在附近稍微遠一點的地方有間化工廠，每日夜晚都會排放濃黃顏色的強力膠廢氣，像霧一樣降下來，使得孩子們都紛紛得了過敏性鼻炎。直到清晨仍會殘留粗粒子般，淡淡燃燒酸嗆的味道，傍晚才會完全散去，於是有難得清爽的空氣。

更準確地說，神祕時刻自普通時刻緩慢浮出與結束，在於其他孩子們都已散去，一回神我發現自己居然獨自一人在草地上站立著，以及再過不久，媽媽就會來喚我回家吃飯這兩端界線之間。

我像是忽然想起有人告訴過我，假如將耳朵貼在鐵軌上的話，就能聽見非常遠方火車駛來的聲音。

現在回想，這不是理所當然的事情嘛！為什麼要特別去確認呢？但當時就真的這麼做了。

我跨過低矮的竹籬，探頭看了看左右兩邊，確定沒有火車後，便趴下去將耳朵貼在鐵軌上。

鐵軌冰涼光滑，散發乾淨清爽的鋼鐵氣味，近距離看的時候，有種截然不同的印象，原以為是很嚴酷的事物並沒有那麼不可親近。

但是並沒有從任何一端傳來任何火車聲音。我閉上眼睛，一開始，仍能聽見風聲與產業道路上冷凍貨櫃車急馳的巨大聲響，然後就寂然無聲了，彷彿所有的聲音皆被鐵軌海綿般地吸收進去，但瞬間又恢復成堅硬的鋼鐵，將所有聲音密封起來。

不久，我覺得無聊了，便將頭抬起來，身子挺直，微微轉朝右方一看，只有一截火車頭的火車像是沒事般地停在距離我一步之遙的地方。我能清晰看見火車頭上穿著藍衫子的司機員，他僅僅露出無奈的表情，並沒有開口罵人，有點嫌麻煩似再度發動引擎，火車無聲地開動了，自我面前駛去。

火車離開視線之後，我站起身，在媽媽來喚我吃飯之前，默默走回家。

當時的我，並不清楚發生了什麼事情，心裡似乎沒有什麼震動，也無法對任何人描述這樣的事情。但現在我知道了，那便是所謂的「神祕時刻」。如果照吉本芭娜娜的說法，應該是：「已經沒有東西可以銜接現在這一瞬間和前面那一瞬間了。已經超出了再怎麼努力也拉不回來的地方。」（《王國 vol.3 祕密的花園》，頁八六）雖然具體的意義或者影響可能終其一生也無法了解，但是「謝謝你，謝謝你讓我發現這麼美好的事物。你創造的東西刺激了我，確實改變了我。」（《王國 vol.3 祕密的花園》，頁一八八）的心情卻是有的，從讀了最早的《我愛廚房》以來，吉本芭娜娜的小說便一直給我這樣的感覺——她正嘗試著為我們揭露那些神祕時刻的真相……在任何微不足道的一天裡，在任何平凡街道屋室中，都可能有一棵會發亮的馬拉巴利、一塊祖傳蛇形玉石、一片埋在院子裡的頭蓋骨、一座有天使偷窺的花園、一場不倫戀愛與「嬌寵意味著什麼呢？那是讓對方離不開我的黑魔法。」如此日常生活化的驚奇法術。（《王國 vol.3 祕密的花園》，頁一〇八）

那麼時間到了，吉本芭娜娜說了她的，我也說了我的了，正從井底汲取記憶的你，有何「神祕時刻」要與我們分享的？

療癒的形式

我喜歡吉本芭娜娜。

有多喜歡的程度呢？喜歡到也找了一位喜歡吉本芭娜娜的女人結婚，我家裡唯一一本有吉本芭娜娜簽名的書，就是太太去採訪她時請她簽的，上頭還有太太本人的名字。據說請她簽名時，其中有個字對吉本小姐來說大概是太複雜了，不好寫，太太說沒關係，「不用寫我的名字沒關係，請幫我簽名就好。」但吉本小姐還是耐心地照著公務名片上的印刷字，好像也很有趣地一筆一筆地描繪出來，反倒是麻煩人家的太太本人有些緊張。吉本小姐的字寬寬扁扁的，有相當慎重的拙趣，看起來非常舒服。什麼時候也能讓她寫我的名字，嗯……兩個字都很複雜。

我幾乎讀過所有吉本小姐的繁體譯本，書架上一應俱全地擺著，只要新書一出版也會第一時間去買。這裡頭當然有最喜歡與其次喜歡的區別，（附帶一提，最喜歡的是《廚房》與《哀愁的預感》）不過會隨手拿起來讀的，卻沒有這樣的喜好區分，多半是看到什麼就拿什麼，以今天早上為例的話，隨手拿起的就是《王國3》，翻開裡頭一看，我自己都忘記了，裡面劃了密密麻麻的紅線，還折了許多處的狗耳朵。

若有寫小說的經驗就會知道，寫小說本來就是一件完全手工的事情，不可能機械化大量生產，但實際上寫寫看，卻常常寫出跟機械化大量生產一樣的文章段落，明明是自己一字一句寫出來的，看起來卻像從哪邊拷貝貼過來似的，要說流暢非常流暢，但一點自己的筆觸或情感都沒有，與其說是寫作不如說是在生產罐頭，這也表示，頭腦裡有某塊地方給刻板印象或集體意識制約了，心裡想寫的東西只能以這種光滑無味的樣子呈現。如果我寫小說的時候遇到這樣的狀況，我就會自然而然地走向書架拿起吉本小姐的書，她的小說無論何時讀，都讓人覺得這就是一筆一字寫出來的手工作品，毫無從哪裡大量生產的痕跡。特別是換行分段的方式，我總是覺得她好像常常寫了一兩句，就停下來胡思亂想一番，甚至去做無關緊要的事情，然後坐回位置上，又寫上幾句。因此分行的句子與句子之間的關係老是搖搖晃晃的，不太堅固，她也不太關心轉場順不順暢，就刷的一下子分段了。就是在這樣子的氛圍裡，雖然有點不太牢靠，但我喜歡當中的自由度與溫暖感受，那像是情人在日常生活中，趁著午休時間一針一線織出來的厚實毛衣，而不是什麼大賣場的高科技發熱衣。

也正因為如此，姑且不論內容為何，我想這就是吉本小姐的小說在形式上具有強大療癒力的緣故，這是從最早到現在都未曾改變過的，只要隨手抽一本出來讀，我就會感到無法寫下去的挫折感被撫慰了，不僅如此，也被灌入了「好吧，等一下重新再來一次吧！」的溫暖力氣。

「後青春期」的兩種形式

不久前，我和雜誌社同事一起去中山足球場看五月天的《後青春期的詩》演唱會。我對五月天幾乎沒什麼認識，除了《志明與春嬌》之外，其他任何一首歌的歌名也說不出來。不過他們來公司攝影棚幫我們拍了雜誌封面，人看起來非常好的樣子，而且我也很久沒去聽戶外演唱會了，於是便懷著有點不信任好不好聽，而且覺得一定會擠到令人生起氣來的緊張心情跟著去了。

因為是發行新專輯附帶贈票的大型演出，並且在周末連續舉辦兩場，所以媒體公關票方面似乎比較餘裕，大方地給了我們幾張。話雖然這麼說，但是果然不愧是五月天啊，據說第一場演出的前一天，排隊等著拿票與歌詞本兌換進場用手環的人龍，環繞了整座中山足球場有四圈之多。我當晚有事偶然要經過附近時，計程車司機面有難色地說：「有五月天的演唱會，要繞路喔。」

我們去的是第二場，人潮或許僅有第一場的三分之一，出乎意料地成了非常舒服自在的演唱會，氣溫小小冰涼，紛紛進場之後，可以輕鬆隨意地坐站在草地聊天。同行的一位年輕嬌小的女同事是五月天死忠歌迷，她已經看過了轟轟烈烈的第一場，（那環繞足球場的四圈人龍其中一人）正拖著男友準備擠到T字型舞台前方，等著和五月天擊掌。我問她，「幹嘛那麼喜歡五月天？」

「如果不是五月天，我大概撐不過大學聯考那段日子吧……」

「喔，可是現在也離妳大學聯考很久了吧？」

她看著我，一臉好像我是沒經歷過青春期的原始人說：「你難道不覺得，在人生被迫什麼都拋棄掉之後，居然發現了有一件事能夠堅持不變，實在很棒嗎？」

我試著要跟她解釋，我唸大學的時候也很喜歡伍佰啊！也會去擠在人群裡聽演唱會，所以很能體會她當時的心情。而且我以前一邊暗戀女同學，一邊重複聽竇唯的〈開心電話〉時，還會握著錄音帶空盒痛哭喔！很青春吧！但是把所謂的「青春」，一路這樣堅持下來變成「後青春」，不是會太辛苦了嗎？

她「嗯嗯」了幾句，心裡大概想著：「袁世凱時代的歌星的事情我不想知道。」然後她高大的男友就將她高高舉起，衝進人群裡了。

演唱會在舞台煙火爆破秀中展開，人群像是電池廣告裡的電動兔子一樣，集體不知疲累地跳動。我靜靜地站在入口處，既無法隨音樂擺動身體，也對歌詞內容缺乏感動。阿信在舞台上說的：「盡力的奔跑，華麗的跌倒」的「青春」終究是什麼意思，我並沒有體驗過，非常抱歉。

最近讀了村上龍寫的《電影小說》，而十幾年前也讀過了《接近無限透明的藍》和《69》。書的文案上標誌著這三本小說是「後青春期小說鉅著」，同時是可以連著一起看的三部曲。（PS.如果沒空的話，讀得了芥川獎的《接近無限透明的藍》就好了）在《電影小說》裡，那是個充滿The Doors, Pink Floyd, Led Zeppelin, The Velvet Undergroun，整天陰毛都濕答答地黏在小腹上無窮無盡地做愛、黑人士兵、雜交、腐臭味道、爛醉如泥以及大麻、LSD、speed、尼布洛、麥斯卡靈、海洛因、古柯鹼的世界，如果拿來跟五月天想傳達的「後青春期」比較的話，兩者大概是蒸汽引擎與風車磨坊的差別吧，也就是說雙方幾乎都帶有懷舊氣氛，令人感受逝去時光如此不同，而過去的一切經過長時間時光之流的淘選之後，傷害多少會遺留下來，但美好的事物也能看得更加清晰。只是，當時是如何去驅動人生往前走的心情與實際經歷，或許彼此能夠理解，卻無法單純地握手言好。

但非常抱歉的是，《電影小說》的角色熱烈做愛分泌大量汁液，在濕透床單上扭成一團，而擁有的「好厲害，我們活著」的「青春」，我也未曾經驗過——至少在十八歲前後數年都沒有——無法在此與各位分享，請自行上網搜尋影片。

作家最後的題材

有段時間，我在如今已過世的作家袁哲生手下工作，他當時是男性時尚雜誌《FHM》的主編，後來升任為總編輯，我則是剛入門不久的小編輯。而就寫作方面來說，他是仍在文學圈外頭徬徨不安的我，唯一熟識的知名作家。我想想，那是二〇〇三年的事情了，除了他為我找來的這份工作之外，我一事無成，也差不多打算要放棄寫作這一行了。

有一次，有本文學雜誌邀我寫篇小說，我一方面覺得非常驚喜，另一方面腦中一片空白，一周內便要交稿，根本不曉得要交什麼稿子給人家。於是和袁哲生一起在樓梯間抽菸時，我跟他說了自己的煩惱。他聽了，又很得意地提起他當年震驚文壇，不僅拿下時報文學獎，更幾乎是一眨眼間開創了一整個世代的嶄新寫實風格代表作〈送行〉，是利用短短的三個下班後夜晚寫出來的。所以他對我抱怨交稿時間太趕很不以為然。

「可是我實在想不出來要寫什麼啊！」

「別急，在你不知道要寫什麼的時候記得……」他說，「永遠都會有一個最愛，而且永遠不會忘記的題材可以寫。」

「是什麼？」我急切地問。

「但是，這一定是要在最後的最後，你發覺真的完全沒有任何東西能寫，或者，你覺得已經到了非寫這個題材不可的時候，才能寫。每個作家，一定都擁有一個這樣的題材，作為最後的手段。」他說，「所以，不要害怕，你不會有事的。」

「嗯。」我說，「那是……」

「人生第一次想談戀愛的時刻。」袁哲生說。

我想起袁哲生說過的話，在讀齊格飛・藍茨寫的這本《為妳默哀一分鐘》時。我這麼猜想：這位高齡八十三歲，德國當代最傑出的作家之一，在歷經長達近六十年的寫作生涯之後，終於也抵達了最後的時刻。這可能代表了兩個意義，第一個是他過去始終擁有不虞匱乏的題材可以寫，從不需要寫一本如此性質的愛情小說，現在他卻發現自己只剩下這口靈感之井了。（這倒讓我想起許久前採訪張大春，他也說他不寫愛情小說）但是也可以說，齊格飛・藍茨終於覺得自己準備好了，可以昂然走入身為一個作家可以預知到的最後領域：面對最初始，並且完全是由本身主動發起的感情。這感情既不來自血緣關係、不來自施恩授惠、亦不來自利益對價，我們能夠自己在廣大的陌生人潮中，發現或者找到一個人、一件事、一道聲音或一幕景象，用來打開腦子裡的開關，使我們開始想要戀愛，就像 Wreckless Eric 唱的〈Whole Wide World〉：

When I was a young boy
My mama said to me
There's only one girl in the world for you
And she probably lives in Tahiti

I'd go the whole wide world
I'd go the whole wide world
Just to find her

於是我們便可以說，在《為妳默哀一分鐘》裡能夠讀到齊格飛．藍茨對於那最初始感情發動那刻的最真摯想法。但其實我們讀不到為什麼一位美麗女老師史黛拉會愛上一個十八歲的男孩克里斯蒂安？這男孩既不特別聰慧，不特別善體人意，也不曾為她做了任何動人或必要事件，（像是《我願意為妳朗讀》的韓娜．施密茲與麥克．柏格一樣）只是因為男孩有著一副航海者的身體？史黛拉唯一留給克里斯蒂安真正具有愛情意味的訊息是一封短信，上面寫著：「克里斯蒂安，愛情，是一股充滿暖意的海浪。」

克里斯蒂安則這麼想：「我感覺這句話是一個聲明，一種承諾，也是一種對我曾經思考、卻沒有提出的問題的回答。」換句話說，這段愛情的一切，都在彼此猜測、感覺、曖昧、幽微、不確定之中，兩人都是如此。也正是因為這樣，加上輕聲細語的文字風格，齊格飛．藍茨真正觸及了人生最初始的戀愛欲望——即使這是一個情節通俗，又大可以流於年輕與成熟肉體糾纏的故事。

當然，或許另一個作家會以高度描寫的性愛場面，來凸顯同一情境脈絡的「純愛」，不過正如米蘭昆德拉在〈加速前進的歷史裡的愛情〉一文中所說，關於當代小說描寫性愛內容：「情與性愛之間的遼闊空間消失了，人與性之間不再有感性的無人地帶作為保護。」「我們已觸到了極限，已經沒有任何『更遠之處』了。和欲望對立的不再是法律、親人、習俗。」那麼建立在這個基礎之上，對齊格飛．藍茨來說，對這無可避免的，也是師生戀故事裡，像我這種普通讀者最好奇的性愛情節，他既不是亨利．米勒般「抒情詩的性愛」，也不是菲利普．羅斯般「人與性的直接對陣」，他的「性愛」就像那封短信，也像書中的揮別手勢、拒絕的話語、打排球、死亡災難、追思會一樣，是重要性相同的一個生活片段，如此而已。但這一切，構成了「人生第一次想談戀愛的時刻」，這對一個正站在頂峰回顧一生的作家來說，可就不是如此而已。

袁哲生並沒有來得及以小說寫下「人生第一次想談戀愛的時刻」，而我今年，則來到了袁哲生告訴我那些話時的年紀。想起這事，覺得他不只在當時點醒了我，在這之後，許多次覺得靈感枯竭再也不可能寫出東西時，一旦記起自己永遠擁有最後的，同時也是最想寫的材料可寫，就會安心下來，不再害怕。抱著「在能夠痛快地寫自己最想寫的東西之前，再忍耐一下，再努力想一下還能寫些什麼，把自己不想寫但是值得一寫的什麼先寫掉。」的想法，而繼續寫出不一樣的東西。

我們都已經這樣了

Ｍ是我高中時代非常親密的同學。不是個容易相處的人，性格有些孤僻，什麼團體活動都不參加，人緣居然比我還差，真慘。據說他會變成這樣子，是因為高一時，幾個同班同學邀他出錢在校慶園遊會裡擺了個賣黑輪的攤子，結束後雖然賺了一小筆錢，卻只還給他本錢，沒有把賺來的錢分給他，從此他就十分厭惡跟同學們往來。

聽起來就是相當愚蠢的青春期行為！高二時他變成我的同班同學，我壓根也不想跟這樣的人變成好朋友。不過事情很難說，學期中我們學校要跟女校辦聯合大露營，所以每班都得準備表演節目，我這個人對這種事老實說也是能閃就閃，但是我們的班長非常正直又有責任感，在班會時一直叫我要參加表演，我是個孬種，既不敢反駁也不想答應，就悶著頭不說話，結果Ｍ忽然站起來對班長大喊：「你不會自己演啊！」班長嚇了一大跳，居然哭出來，默默地離開教室。可想而知，M更讓班長眾多的擁護者討厭了。

因為這樣的緣故，我和他有多了點話說，但後來變得很親密卻是為了另一件事情。有段時間我發現他一下課休息，就會去黏在一位女老師身邊。有一次我從二樓教室看見他們在一樓教師辦公室外的走廊說話，女老師不知道對M說了什麼，M氣得扭頭就走。女老師露出哀傷不已的眼神，（應該沒錯是這樣子）目送M離開後轉身走回辦公室。

M上樓來遇到我，我說：「怎麼了？」

「她不要我了。」M說。

女老師長得不算漂亮。三十來歲，總戴著紅色大圓框眼鏡，上嘴唇像緩坡似鼓起，抹著深粉紅色唇膏。喜歡穿粉紅色的改良旗袍上衣搭緊身牛仔褲，胸部到腰部很豐滿，臀部非常翹，走起路來有點急促，像鴨子似的。（M後來說，他覺得她走路的樣子很性感。）

「她說她結婚了，不能跟我這樣。」M說，「我們都已經這樣了，現在才拿結婚當藉口！」

我不太敢直接問「我們都已經這樣了」是什麼意思，於是就問：「你喜歡她？聽說她上課很兇耶？」

「我就是愛她上課狂罵表情很賤的樣子。」M說，「還有她吃飯時慢慢嚼著，嘴唇蠕動的樣子。」

我覺得這傢伙是瘋了嗎？我當然也有在心裡偷偷喜歡的女老師，（而且我覺得比這位漂亮多了。）但是我知道一定不可能「我們都已經這樣了」吧！

M看著我，他說：「幹，我們去看電影吧！」

「好。」我說。

於是我們蹺課去看三片連映的黃色電影，往後兩年也就成了很親密的朋友。

《我願意為妳朗讀》的大致內容是：「因為韓娜．施密茲羞於承認自己是文盲，導致她寧願放棄正常生活，而去參加二次大戰時的集中營大屠殺。戰後，三十六歲的她誘拐年僅十五歲的麥克．柏格上床，並要求麥克為她朗讀。最終，韓娜因為戰時的所做所為入獄服刑，並且自殺身亡。」可想而知，小說的重點在於陳述納粹屠殺暴行如何影響了男女主角原本毫不足道的平凡人生。但同樣可想而知，以三十六歲的女人和十五歲男孩的不倫性愛與戀愛做開端的小說，一定會讓人以為這頂多是個帶點哀愁，混點限制級場面賣錢的回憶年少故事，（誰知道後來會搞得那麼恐怖又沉重，簡直背負了整個德國的集體悔罪。非常厲害。）所以我一邊讀，一邊就想起了M和那位女老師，以及「我們都已經這樣了」到底是到了什麼樣子的程度？雖然跟小說的主題無關，但我卻情不自禁幻想起來……小說裡描寫韓娜．施密茲「額頭高高的，顴骨凸出，淺藍眼眸，飽滿的嘴唇弧度完美，毫無皺紋，下巴方正。臉型寬闊平坦……頸子、寬闊的背，強壯的雙臂……骨架結實，其實非常苗條……」結果找了肉肉美女凱特．溫絲蕾來演同名電影。那麼M喜歡的那位女老師，也許可以很經典地找《魔女的條件》的松嶋菜菜子，或是《失樂園》的黑木瞳來演？

至於M，上大學之後我就沒再與他聯絡，聽說他後來成了廣告片的導演，不知道婚姻是否幸福？可千萬不要像麥克．柏格一樣，被年少的經歷搞得不幸福。

人生也不算太爛

乍看之下，雖然《往下跳》是本有關人生一團亂，所以即使想自殺看看也不足為奇的小說，不過若說裡面是否有些教訓意味，卻幾乎是沒有的。什麼樣的自殺會有點教訓意味呢？舉例來說，二次大戰末期美軍進攻沖繩島時，一些島上婦女聽說美國大兵會姦殺投降的女人，於是紛紛抱著幼兒絕望地從懸崖往下跳，有時母親摔死了，幼兒卻因為被母親緊緊懷抱著而沒摔死，只好在岩石上唉唉叫，過了好幾天才會死去。美國軍艦試圖救援，但由於海面屍體過於密集，就算螺旋槳都把屍體攪得稀巴爛了，也沒辦法靠近。像這樣的自殺，不管是從哪一邊來說，我想都很有教訓的意味吧，非常哀痛與沉重，裡頭可以辯論詰難的思想也相當多，然而這些東西在《往下跳》裡幾乎是沒有的，這應該是這本小說最棒的地方了。

四個淺顯易懂的好萊塢式戲劇化角色，各自因不同緣故而選擇於除夕夜從同一棟大廈樓頂往下跳，但又因為隨便尼克・宏比愛怎麼編就怎麼編的理由，所以當晚統統沒往下跳，反而展開一連串請您自己去看了就會知道，想寫什麼就寫什麼，寫到哪算到哪，反正誰的人生不都是一團混亂兼沒頭沒尾瞎扯的故事情節，最後，除了一個不知道為了什麼真的往下跳的路人甲之外，一個人也沒跳死。鬆散自由的結構布局、揚棄吊人胃口的懸疑性，加上全書維持節奏輕巧，人人坦白從寬的淺白敘述形式，使得《往下跳》成了一本：「反正人家就是要這樣東寫西寫，您乾脆腦袋空空放輕鬆讀。」的小說，一口氣讀下來，看角色之間的熱烈鬥嘴和做不完的蠢事，非常過癮，就和看好萊塢電影一樣，所以與其說是在讀一本有關自殺的小說，不如說跟去參加派對比較像。

然而純粹就我對讀小說的期待而言，讀完後的確有種被欺騙的感覺。尼克・宏比自己也爽快承認了，跟那個真正跳下去的人比起來，「只是讓腳在天臺邊晃根本不算什麼，除非你真的跨出最後那五公分，而我們沒有人做到。」但是問題就在於，我想讀的正是最後那「五公分」或「二點五公分」究竟是怎麼回事，到底是什麼造成了這一點點距離的差別？小說全部的高張力就應該在這稍縱即逝的差距之內拉扯，而尼克・宏比似乎卻閃掉沒寫了……

其實，他還是忍不住對這差距說了點什麼，那就是「無狗」所說的話。這個只出現在最後幾頁的小角色以一套天外飛來的說法：「如果生命之神想要你，你就會活下來；如果死亡之神要你，那就活不下去。」讓叛逆少女潔西開始後悔前幾個星期所做的事，而且「由於無狗的教導，我有智慧接受這一切……」老實說，無狗到底是什麼玩意兒啊，能夠像個救世主，神來一筆給小說結局來上一段平凡註解，而角色們居然還買單了——「那，」潔西說。「有人想跳下去嗎？」沒人開口，因為這已經不再是個認真的問題了，我們微笑——非常好萊塢電影的結尾……但是好吧，我想起我那些自殺死掉的朋友，如果真有「一個也沒死」的人生也不算太爛。

使家族蒙羞的原因

女友高齡八十四歲的外祖母已經在醫院裡住了幾天，我們去探病時，數天來辛苦熬夜照顧外祖母的嬸嬸說，她的脊椎骨其中三節因為骨質疏鬆的關係垮掉了，所以既不能好好地站立，而且光是躺著雙腳就會感到劇烈疼痛。

醫生覺得非常奇怪，照理說，崩垮掉的那三節脊椎骨所傷害到的傳導神經，不至於會造成兩隻腳全部都感到疼痛才對，應該只有小腿部分會疼痛才是。這是嬸嬸轉述醫生的說法，並且據說雖然動用了核磁共振、照X光、電腦斷層掃描一類的檢查方法，還是不知道究竟是怎麼回事。

但是外祖母堅持從小腿到大腿都非常疼痛。

「妳痛，我也沒辦法啊，我又不能替妳痛。」嬸嬸說，「我用藥膏幫妳按一按。」

嬸嬸移動她的腳，一邊按摩，她一邊發出痛苦的哀嚎。我看著她骨瘦如柴的雙腳，青筋悽慘地暴露出來，必須非常忍耐地才沒有流下眼淚……我非常不擅長面對這樣的景況。

「沒有打止痛針嗎？」女友問。

「有啊，每天打一支。」嬸嬸說，「沒什麼用，可是止痛針太常打也不好吧？」

「我的老天啊，她都幾歲了，就給她打吧！」我在心裡吶喊。

「昨天晚上，她一直要我去叫醫生來給她打一針……」

「止痛針嗎？」我插嘴說，「多打一針沒關係吧。」

「打一針讓我死吧。」外祖母昨天晚上說，「我會這麼痛，一定是祖先懲罰我的關係。」

由於醫生無法為痛苦來源提供醫學上的適當答案，因此某件使家族或先人蒙羞、憤怒的事情，便取而代之成為她痛苦的來源。不，或許該說，往往懼怕使家族蒙羞的心靈折磨，甚至凌駕了無解的肉體折磨。

雖然我個人非常厭惡這樣的想法，也非常期盼外祖母不要這樣想，但是沒有辦法。這樣的想法像是無可避免的陰影：一個家族的外表被太陽照得越明亮閃耀，那令人害怕的陰影也就越清晰。

因為這種無法抗衡的人性弱點，而且角色容易齊備的緣故，「使家族蒙羞」成為小說中經常被處理的通俗情節或是作為整本小說的架構，（特別是家族史、家庭荒謬劇或大河小說）以便引出或闡述作品的真正核心，比方說「愛」、「希望」與「勇氣」等等，當然，反過來的那一面，像「恨」、「絕望」與「怯懦」也行。在小說裡會使家族蒙羞的原因很多，最常被作者運用的大概是：不倫戀情、同性戀、犯罪、疾病、無法生育、選擇了不被接受的伴侶，以及選擇了不被接受的職業。（雖然很通俗，但是沒錯，真實人生裡的事情跟這些一模一樣。）

《孤島戀人》即以「使家族蒙羞」做為全書的架構，簡直可以說是「使家族蒙羞」之大全，以「蘇菲亞」這個角色決定將自己長久以來所隱瞞的、難以啟齒的身世告訴女兒做為開始，一步步揭露家族的痲瘋病史、自克里特島流放到史賓納隆加島隔離的經過，以及個性虛榮好逸的母親安娜與丈夫堂弟的不倫戀情，激怒了父親槍殺母親，更導致父親後來病死獄中、蘇菲亞無法確定自己的生父究竟是誰。最後，蘇菲亞甚至忘恩負義地背棄了養育自己長大的阿姨瑪麗亞——瑪麗亞，則一直為無法生育苦惱。

「妳害我們家族蒙羞！」這是安娜的公公，當地最有錢的大地主亞歷山卓說的，他認為痲瘋病是對一個家族的詛咒。在得知安娜的母親數年前是因痲瘋病過世，然後瑪麗亞也得了痲瘋病之後，他對安娜和瑪麗亞的父親喬吉歐說：「為了我們家族的名譽和聲望，我們會讓安娜留在這裡，但你欺騙我們的事，我們絕不原諒。」但他怎麼也沒想到，這只是「使家族蒙羞」的第一幕而已，更不堪的事情還在後頭。因此，無論是書中角色或是讀者，倘若從最後的時刻回想起，其實得到痲瘋病與遭流放等等肉體與現實上的折磨，最容易得到原諒，也最有可能解除痛苦。事實上，亞歷山卓後來即原諒了喬吉歐，而自史賓納隆島病癒歸來的前痲瘋患者，大多數也得到了親友歡迎，雅典人甚至組了管弦樂團遠道趕來，徹夜狂歡慶祝。

不幸的是，「蘇菲試圖擺脫自己的家庭背景，但擔心被發現的恐懼有如疾病一樣啃噬她。歲月流逝，她對阿姨姨丈的愧疚越來越深，悔不當初卻已無法補償的遺憾，有時甚至積累成疾……強烈的懊悔更使她痛苦不已……」當痲瘋病在歐洲絕跡，史賓納隆島早已封閉，然而「使家族蒙羞」所造成的心靈疾病與痛苦折磨卻從未曾根絕。

類似這樣的故事，如果沒有一個讓人感到安心的結尾，實在會受不了。如同我為《孤島戀人》中文版寫的推薦辭：「一本讓人連呼吸也痛的小說。血腥戰爭、無藥可癒的痲瘋病、流放小島禁錮、生死離別的家庭悲劇，都無法摧毀摯愛與希望。希絲洛普寫出了平凡女人真正的勇氣。」雖然有些老套，但是夠棒了，真的，因為真實人生，往往太令人痛苦、無情而且又不能存進電腦重新改寫……我非常不擅長面對。

更值得被愛

和一般人的印象一樣，一提起阪井莎莉（Sarlee Sakai,1974-2011）這個人，一定是先想到她在前衛爵士電影《若敵》（*Just like your enemy*,2005）裡的演出，雖然說不上非常傑出，但畢竟是女主角啊。（嗯，不過一般人或許也不太關心這樣的電影就是了。）描述兩個女人爭奪一個男人的整部片子，瀰漫著褐色調的哀愁色度，但是節奏卻異常的輕快，像是充滿靈感一直咔啦咔啦響的打字機。法國導演Catherine Breillate 一反個人慣用的哲學式情色風格，總之從頭到尾沒有人脫光衣服，也沒有做愛場面，基本上長達一個小時又二十多分鐘的電影，男人從頭到尾沒出現，而另一個女人只有一次在服飾店櫥窗玻璃的反射裡看到發亮的影子，幾乎都是拍阪井莎莉在家裡煮飯、在街上閒逛、買東西、吃東西、去大學上課，雖然有說話的場面，但她個人一句台詞也沒有，Yesim（她在電影裡的名字）有空的時候就寫大量的信件與筆記，當然都是寫給男主角的。Catherine Breillate 像是著魔似地專注拍各式各樣筆記本、信紙的特寫和 Yesim 寫字的姿態、筆跡。光這樣寫出來，沒看過電影本身的您大概會覺得很無聊，但奇怪的是一點也不無聊，有點像是真人美女實境秀似的，（是的，就是差了裸露鏡頭）另外我很喜歡阪井莎莉用鋼筆寫字的手勢、筆跡，像是天使展開潔白的雙翼。據《環繞之中》一書所述，在整部電影裡的文字都是她本人親自寫的，有七八萬字之多。最後跟這部電影有關的，也是我最喜歡的部份是由舊金山灣爵士樂隊 Surround 擔任的配樂，全部用木笛和簡單傳統的打擊樂器編曲，加上長長的迷人的不插電貝斯獨奏，有那麼一瞬間會忘記 Surround 本來是像早期名團 Weather Report 那麼棒的電子融合爵士樂隊。

接下來，正如爵士樂迷所知，（或痛心疾首）因為《若敵》一片，阪井莎莉與 Surround 靈魂人物主奏貝斯手 Bill De Young 陷入熱戀狀態，甚至加入了該樂隊擔任主唱與作詞人，這使得 Surround 轉變成跟 Level42 一樣帶有 jazz-funk 感的流行爵士樂隊，雖然一開始不習慣原有組成樂句的「幫派文脈」消退，（那些像瑞蒙．錢德勒冷硬文學質地的部份）但是舊金山灣區獨特的次文化融合形式，讓 Surround 獲得了更大商業上的成功。二〇〇六年我從時尚雜誌離職後，受

《FHM》中文版之邀前往舊金山採訪 SFJF（San Fransisco Jazz Festivel）得以認識阪井莎莉，相當榮幸地，反正本來就沒什麼事的我便隨著 Surround 在西岸的爵士俱樂部巡迴表演八個月之久，最後因為一些不愉快才讓我跟他們分道揚鑣。

阪井莎莉的遺作《環繞之中》（*into surround*,2012）被視為她個人的半自傳小說，描寫她自拍攝《若敵》開始，進入 Surround 樂隊，最終與 Bill De Young 撕破臉並離開樂隊的四年歷程，足以見證她個人與 Surround 起落。但這書很遺憾不是由我編輯的，雖然在我回台之後，仍然與她保持固定的連繫，並且讀了她寄來的大量寫作筆記，（就跟在《若敵》裡一樣）也就使我完全明白這半自傳小說與真實景況的差距。我無法鼓勵她將這樣的作品出版，儘管她是才華洋溢的模特兒、演員與作詞人，就跟絕大部份才華洋溢的模特兒、演員與作詞人相類似，他們只要一寫作大規模的文字，就會變得醜態畢露，太過於渴望、急切表現自己的文字能力，就會顯示出耽溺、矯情與做作的姿態，這是寫作者最糟的部份，將好不容易靈光乍現的神妙文句，白花花地混在無聊刻意的人造語言裡浪費殆盡。（Patti Smith 的《只是孩子》是難得的例外，因為相當聰明地保持了素樸的自傳體）在《若敵》裡的演員阪井莎莉不會這樣，在 Surround 樂隊裡的主唱兼作詞人阪井莎莉不會這樣，但是在《環繞之中》裡的阪井莎莉卻是這樣，所以我真的非常遺憾，如果我能夠是她的編輯就好了，或許可以挽救這樣的情況，未成書之前，她曾對克諾夫出版社（Knopf）要求我能當她的編輯，可想而知人家怎麼可能同意呢？等到她不幸因為高速公路車禍過世了，誰也不會在乎此事。

很抱歉得這麼說：從任何方面衡量，《環繞之中》都構不上小說的最佳水準，而且最終也只能成為一本紀錄阪井莎莉短暫一生的有限材料，因為事實上並不夠坦白真誠，但她既然選擇了這樣的形式來表達自己，做為她的朋友的我只能默默支持她的決定，不過，這也是讓我覺得最痛心的地方，如同她自己在書中寫到決定與 Tom Ray 分手時，她坦承：「我因為不夠愛自己，所以不懂得懼怕，也正因為不懂得懼怕什麼，所以就不必對誰表露真心。」

她真的比書中的阪井莎莉要更值得被愛，不管是由誰來愛她。

（《環繞之中》中文繁體版於二〇一三年四月由台灣國際克諾夫出版公司發行）

譯註：（翻譯／嚴實仁）《環繞之中》被論者視為阪井莎莉的半自傳小說，在備受矚目的三角戀情故事中，除了Bill De Young之外，一般均認為另一主要角色Tom Ray指的即是本文作者王聰威。本文也是王聰威首次同意針對此書撰稿，原文刊登於文學雜誌《NEW YORK the FICTION》（二〇一三年二月號）。

輯五

「遇見孩子氣的我」

文青

我曾在台灣主持一個廣播節目，叫做「文學居酒屋」。每周五晚上，都會邀請年輕的創作者來上節目，談談各自的文學夢想與實現。這些創作者裡，有些已經出了不少書，有些則興奮地期待即將出版第一本書。訪問時，我常常會問他們，認不認為自己是個「文藝青年」？百分之九十九的來賓都會矢口否認，好像一沾上這詞，就會被人當成異類似的，真令人感嘆啊，過去希望被稱為文藝青年的好時光已經過去了。

文藝青年已經被當成一個有人格缺陷或階級偏見的稱謂了吧，我想，當然，文藝青年這詞定義相當模糊，該讀的文學經典、美學理論書籍得讀過一輪是基本要求，能寫點詩、散文和小說是必要技能，參加文藝營、寫作班、讀書會則是進階訓練，而如果還能談起法國新浪潮電影就跟談鄰居家的小事一般熟稔，便自然成為了超級文藝青年。但是，有時候光是看外表的樣子，就會被視為文藝青年，比方說像之前紅了一段時間的「犀利哥」外形，長髮披肩、鬍渣永遠刮不乾淨、削瘦臉龐咬著皺巴巴的香菸，在我唸大學的時代，這樣子便是屬於文藝青年的標準風格。

不知道幸還是不幸，那時候的我就因為這樣被歸到這一類去了，還因此洋洋得意了一陣子，一個同學在送給我的生日卡上寫著：「你的一頭亂髮，滋養著雲夢大澤的美夢」這當然是他一番仁慈的詩意形容，其實我除了留了一頭披肩捲髮有點像文藝青年之外，頭髮下的腦袋空空如也，只想著要談戀愛而已。

不過跟其他年輕作家相比，我或許是少數敢勇於承認，自己的確曾經愛好被當作文藝青年的人吧。因為從國小一年級起，我就被認為是書呆子。不過雖然是書呆子，出乎意料的，我倒還滿會寫作文的，寫起來活靈活現，乍看之下好像本人的腦子也不錯的樣子。現在大家常常說會寫作文不代表會寫「文章」，（這麼說的時候，也一定把小說包括在內吧）真是讓我太挫折了！我就是因為自己作文寫得不賴，覺得老天保佑還好自己不只是個書呆子，人也有了點自我肯定和期許，決定要先當一個堅強的文藝青年，最後可以鍛鍊成作家！如果照大家這麼說的話，那我豈不是失去了人生的立足點？

於是升上國中之後，可能是在什麼地方讀到了現代詩，一看就覺得這玩意兒實在太厲害了，而且最好的是……我也會！我去爸爸的抽屜裡幹了一本寶藍色的三孔筆記本，用黑色綿繩穿好綁上蝴蝶死結，然後開始寫詩。一頁寫一首，有時寫兩首，整整齊齊地排列著，旁邊畫上插畫。筆記本每天裝在書包裡，帶到學校給同學讀，一個也喜歡這一套的女孩子居然熱中到三不五時就問我有沒有新作品。不久，形成了一股熱潮，每天早上我一打開書包，就會有幾個女生圍在我身邊，爭著要看新作，甚至為了誰先誰後的問題吵起架來。當時，我覺得人生真是太美好了，自己跟平凡的同學是不同的存在，這就是「假裝」文藝青年最美妙之處吧，只是我大概也沒想到，這是一輩子唯一的一段時間，會有女孩子為我爭風吃醋。

到了這樣的程度，就開始有人叫我「才子」，（連老師也這麼叫）我想每個文藝青年，總是有一刻會被叫做「才子」或「才女」。被這麼叫的時候，心裡一定樂陶陶的，彷彿自己真的成了那樣子的人。事實上，才子與才女的鑑定標準相當寬鬆，只要你多讀了些別的同學讀不懂的文學書，或是寫了些別人想都沒想到要寫的文章，自然就會贏得這個虛名。等到有一天，當你放下筆，不再寫作，或是不再讀任何一本文學書時，那些曾經加諸於自己身上的「才子」或「才女」一詞，就會變得像是褪色的王冠或過氣的戰爭英雄一般，令人感傷，而你的青春期就像是比別人的，過得更悲慘十倍一樣。

話說回來，不只是現代詩，我還寫了幾首給布袋戲專用的四句聯，而且即寫即行地投到電視布袋戲《雲州大儒俠》去。每天中午吃飯時間，我就跑到老師辦公室外頭偷看電視，希望布偶會唸出我寫的四句聯。過了幾個月，壞蛋主角藏鏡人四個服裝樸素的師兄弟嘴裡仍然唸著不如我寫的四句聯的台詞時，我收到一封電視公司寄來的信。我想可能是封退稿信吧，上面也許會寫著：「貴稿件頗有見地，唯不符合本公司所需，敬請見諒。也歡迎繼續賜稿。」一類的。心裡邊想：「唉呀，想當堅強的文藝青年一開始總是要面對退稿的折磨嘛……」一邊打開來一看，裡頭是一張暑假兒童夏令營的廣告單。

既然娛樂事業行不通，那就往純文學路上邁進吧。我家訂的是《中國時報》，仔細讀了一個星期的副刊，心裡想這些作家也沒寫得好到哪去，於是我又花了一個星期，認真地寫了兩篇八百字左右的散文投稿。那時當然沒有電腦打字，稿子得手寫在六百字的稿紙上，但是我怕編輯從字上認出我是個乳臭未乾的國中生，精彩文章連看都不看就退稿，還特別請高雄女中畢業的姑姑幫我重謄一遍，信封一併寫好。後來既沒登也沒退稿，即使過了很久了，我仍然非常懷疑是不是因為姑姑的字太醜了的關係。

到了國一結束前，我們不只要男女分班，還要依成績分出前段班跟後段班。有一天，不怎麼瞧得起我的女導師叫我到辦公室去，她說：「你以後不要再寫那些東西了，也不要再讓某某某（就是那個愛讀我的詩的女生）喜歡你了，要升二年級了，別害人家沒辦法專心唸書。」我自小便是個聽話的孩子，所以直到唸高中都不再讀任何文學作品，也沒再寫出一首詩、一則小說或一篇散文來。

雖然到了最後的最後，我終究達成了國中時為自己設定的目標，成為了一個作家，但要是你問我，認不認為自己是個「文藝青年」呢？我會這麼回答：「非常遺憾，我怎麼也構不上那標準。不過，倘若人生能夠重來一次，我願意再次努力看看。」

宿舍

前段日子，我騎車經過曾住了四年的大學宿舍，驚訝地發現這棟老舊四層樓宿舍的外牆上，居然整齊地排列了一組組分離式冷氣機。我想起我住在那裡的時候，整個夏天都是又悶熱又噁臭，只有衰弱的電風扇和抽風機可用，有個學長會在半夜裡偷偷把冷氣機裝上吹一晚，白天再拆下來藏著，最後被宿舍教官撬門而入，一舉破獲給退了宿。所謂的懷念時光一去不返，就是這麼一回事吧。

十八歲那年，我從高雄這個南方城市一個人搬到台北唸大學，當年的我還是第一次得離鄉背井，到一處遙遠陌生而且沒有親戚可依靠的地方去長期過日子，正因為這樣，我對住宿舍這件事情，一開始有了錯誤的依賴感。

我原本以為只要住進宿舍裡，就會有一群年紀相當又青春熱情的同班同學彼此加油打氣，跟鹿橋寫的《未央歌》一樣，洋溢著熱烈追求學問和人生幸福的氛圍。不幸的是，敝校宿舍採取跟其他所有大學完全不一樣的住宿規定：完全打散系別與年級的區分，不管你是何方神聖，全部混住在一起。所以像我這樣的大學菜鳥，必須在一間四人房裡，與一個大五社會學系、一個大三醫學系、一個大二化工系的學長同住。

我永遠記得，當我第一次看見房門打開時的情景：房間地板上鋪滿了空啤酒罐，在最深的裡頭，有一床像是活體動物的紅色軟墊，旁邊堆了電吉他、效果器和音箱，天花板的日光燈全部拆掉，改裝黃顏色的投射燈。原本房間裡應該有四組連體木床與書桌，不知道為什麼也不知道是怎麼弄的，像是大地震過後的廢墟般被拆掉了三組，只剩下靠門邊的一組，上頭也到處丟滿了空酒瓶和菸蒂。

「我想回家……我想回高雄去唸職業學校，再去考公務員平凡地過一生就好了。」我心裡當下這麼想。

盯著拖了一堆行李站在門外的我看的，便是那位社會學系大五的學長。他露出殘缺不全的漆黑色牙齒對我笑，「哲學系的？」

我像受驚的鹿一樣點點頭。

學長指了指那組還算完整的床，「那個給你睡。我們沒空整，最近在畫壁畫，就是外頭牆壁上那個。」

我轉頭朝左邊一看，牆面用炭筆打格子，畫了一尊齜牙咧嘴的天王神像草圖。

「是在等什麼？快進來啊。」

我不敢踩在空啤酒罐上，只能像小船划破水面般以腳掌划破啤酒罐地板，緩緩進入這個未來四年的天堂樂園……也就是說出乎意料之外的，在渡過起初一段彼此緊張的日子之後，我跟這一群因為搞搖滾樂和打太極拳而結合在一起的學長混得非常熟，或者該說，我被這個房間給完全融合了。

首先，當我按照十八年來的乖寶寶標準，準時晚上十一點之前上床就寢時，他們都一致以一種「學弟是不是生病了」的表情哀傷地看著我，然後就繼續抽菸喝啤酒彈電吉他。於是很快地，我的上床睡覺時間就從十一點，變成什麼時候要睡，要睡在啤酒罐或活體動物上都可以了。

接著，當然就是跟女生有關的事情。本宿舍向來以學校宿舍群的 Las Vegas 聞名，一到夜晚燈火通明，從各處宿舍、友校湧來的人群川流不息，房間裡吃吃喝喝、開小灶、煮火鍋、看電視、聽音樂、打橋牌、打麻將、打電動玩具，休閒室裡打桌球、打撞球、做健身運動、社團聯誼，到了半夜十二點整，地下室福利社老闆便會以一百吋的大銀幕播放色情電影或盜版日本偶像劇，幾坪大的階梯式電影室必然擠滿了嗷嗷待哺的觀眾們。然而，本宿舍之所以能成為大學宿舍界的傳奇，更在於女生活動數量之多，據一個不便公開消息來源的統計數字，在極盛期時，每四個住宿人員中即有一人為女生。

當然，男生宿舍本來就不禁止女生出入，不過倘若你有幸在我那個時代，於周末夜晚入住本宿舍，你會發現從公共浴室的淋浴間裡香噴噴地走出來的，是一個長髮濡濕，穿著鬆垮T恤與短褲，端著一臉盆洗澡保養用品的素顏美女，雖然有點不好意思，但她很可能在錯身而過時給你一個晚安的微笑。到了早晨，洗手台邊和你一起刷牙洗臉的，則是另一個臉上有些倦容，留著俏麗短髮的女孩，不久她會換上一套輕鬆服裝，跟男生一起出去機車郊遊。

於是你一定會很好奇，在夜晚與早晨之間，這些顯然是留宿在男生宿舍的女生，究竟做了些什麼？非常抱歉，礙於尺度的關係，沒辦法具體地描述房間內的情況，不過可以這麼透露，依我個人身處那個房間的狀況，在四年當中的某段極盛期，實際上是有七個人一起生活的，（但成員時有不同）那麼你可以想像，總是會有些歡樂、有些不方便、有些嫉妒、有些爭執、有些氣味，還有些持續太久的噪音一類的。

只是就像一開始所說的，「所謂的懷念時光一去不返，就是這麼一回事吧。」據我所知，社會學系學長成了電影導演、醫學系學長去美國當醫生、化工系學長在科學園區任工程師，而當年在宿舍裡擁著入眠的女生，如今沒有一個仍陪在我們身邊。其實，這幾年我偶爾想起住宿舍的那段歲月時，很奇怪地，最懷念已不再是上述那些事情了，而是在連吃一星期的速食麵之後，大夥湊錢煮了鍋只有半隻雞的鳳梨雞湯想補一下身體，卻來了十幾個舍友分食，一直加水煮湯到完全沒有油味為止。

另外，就是在十一點過後，長途電話的減價時段，在宿舍走廊上排著長長的隊伍，等待打一通限時十分鐘的電話給遠方的女友，那種寂寥卻懷抱著未來幸福的想像，但又讓人害怕，有朝一日將會失去對方的感覺……畢竟是要失去的，就像最終我們一定會失去宿舍這個天堂樂園一樣。

打工

我和K是國中認識的同學。K個子高高瘦瘦，像隻營養欠缺的大白鶴，我則是又矮又黑，一副神經兮兮的模樣。我們看起來與其說是一對常常在一起混的朋友，不如說是他比較像是我的老大，就是他帶我進打工這一行的。國中一年級的某一天，我們上完課後輔導，他約我去他家玩。我之前從來沒去過他家，想著能去喝杯汽水吃點餅干再回家。

他家藏在一座廢鐵回收廠裡，走進房子，他指了指一個兩層的鐵架床說，這是他的房間。那床的上層全部堆滿了各式破爛家電報廢品，黑色電纜線從裡頭張牙舞爪地露出。床的下層則平鋪著發黃的報紙與壓扁的瓦楞紙箱，居然還有棉被和枕頭，成了K睡覺的地方。他從那裡，拉出一個超大灰白色布袋說：「嘿，要不要一起做這個？」

「有錢賺喔。」嘩啦啦地他將袋子翻倒，一大堆綠色電線和彩色塑膠燈掉了出來。我認得這是那時候非常流行的耶誕燈，許多家裡都將組裝這些玩意兒當做家庭手工業。綠色電線上有一個個燈座，我們得把塑膠燈裝上去如此而已，做完一整個超大布袋，大約有幾十塊錢。之後的一個星期，我一下課就跟K回家，將一大袋一大袋的耶誕燈給裝好，交給K的媽媽測試亮不亮。

他們是不是真的有把工錢算給我呢？還是只是請我吃麵線糊呢？我有些記不得了。不過這工作算得上很輕鬆，又可以和K一起混，我很開心。反正附近每個家裡多少都會把小孩子派出去接點零工做做，甚至九歲、十歲的孩子就懂得自己到處去問有沒有工作可打，因為是住在漁港旁邊，最流行的打工是剝蝦殼，那可就是辛苦的差事了。得去做漁產加工的人家的露天院子裡，用花布包著臉頭和雙臂，頂著大太陽，一臉盆一臉盆地將兩個指節長的小蝦蝦殼剝掉，蝦肉丟進另一個小鋁盆裡。每個班級裡都一定有幾個去剝蝦殼的同學，一個介紹一個，陸續增加，上周周末誰也跟著去了，星期一清早人一走進教室裡，所有人便知道了，他們的身體就像是微溫的火爐，即使學校裡最美的女孩也無可避免，烘烘烘地散發腥臭的氣味。

K這人鬼混得厲害，我則是書呆子，但由於他大概比我聰明二．五倍左右，所以兩個人一起考上了一間明星升學高中。我們不再去他家裝耶誕燈，除了一起批發奶茶、紅茶、烤黑輪、豬血糕給各高中、國中校園遊會、運動會的攤子賣之外，他自己想了新的打工方式：批發音樂卡帶賣給同學。

每周五他會發購買單給同學，早上一班一班地去發，想買的人填上班級、姓名和專輯名稱，傍晚放學前就去收回來。他會細心地查看購買單，偶爾皺皺眉頭，一一用鉛筆在上頭做記號，代表有些沒問題，有些不太容易，要等一段時間。到了放學，他就會跟幾個同學坐公車去市區賣音樂卡帶的店裡，一個人把風監視老闆的動向，兩個人左右掩護，讓K照購買單的需求精準地「批發」貨物——但是不能在一家店裡批發過多貨物，得幾家輪著去。

可想而知這打工的利潤甚高，風險卻低得很，那時候既沒有監視器，也沒有磁條防盜，他從來沒「批發」失敗過。我當然跟著沾光，過了一小段聽了許多音樂的好日子，可就是因為利潤高風險低的關係，生意也就做不長久，想來這行打工的人越來越多，K看得出來再這樣下去，貨物批太多，不僅利潤下降，風險也必然大增，所以毅然決然收手不幹。我心裡鬆了口氣，卻也感到很可惜，往後聽歌就得花錢了。

我們考上同一間大學之後，前前後後一起打了不少工，像是把名字賣給不同的升大學補習班當業績，然後在補習班當電話拉客人員，照著影印下來的各校高中畢業同學錄，一一打電話去勸人家來補習班上課重考大學。

「我就是在這裡補習才考上的呢！」每天都說著一樣的謊言，「你成績這麼好，只要報名加強班，明年一定能多增加四、五十分。」

我們還去炸雞店炸過薯條和雞塊、賣過曾志偉代言廣告的奇華月餅和 Benetton 衣服、發過考托福留學補習班的傳單、當過英文家教、學童陪讀等等，差不多是大部分現在年輕人會打的工。我們自然沒來得及趕上到車展、電腦展或是購物網站當模特兒的時代，不過卻去了電腦賣場賣大補貼。一張大補貼裡，什麼最新軟體程式一應俱全，在沒有網路下載與版權利益的時代，買張大補貼就跟自由闖進一整座阿里巴巴的藏寶窟一樣痛快。K跟我輕輕鬆鬆地站在路邊喊客人，摩托車上放著目錄，不遠處的廂型車裡堆滿貨，求買的洶湧人潮跟戰爭逃難之際求張遠洋船票差不多。

升上大學四年級，我為了考研究所，就停掉打工生活，乖乖唸書。

K沒停，他寒假去了一家鄉下的酒店當少爺兼圍事。有一回，有個賴帳多次的客人又想簽帳，被經理給拒絕了，這人在店裡發酒瘋，鬼吼鬼叫的。K好說歹說地，將他勸到門廊處，眼看著就可以把他送出門搭計程車走了時，這人忽然掏出一把手槍抵著K的額頭，叫他跪下來道歉。

「你有跪嗎？」我問。

辭掉酒店打工，連夜逃回宿舍來的K說：「當然跪啊，拚命說大哥對不起，對不起大哥，我只是送毛巾的啊，對不起啦，尿都快灑出來了。」

「結果呢？」

「旁邊朋友把他拉走了。」

「可是，你不是去當圍事的嗎？怎麼會這麼沒種？」

「雖然是當圍事，但我只是去打工的而已啊。」K說，「不用打到把命送掉吧。」

就這樣，K也結束了他的打工生活。

聯誼

所謂的聯誼，像我唸高雄中學這類男校的學生來說，當然是要找另一間學校的女孩一起參與，所以就得牽涉到對方是否滿意前來邀約的對象，也就自然而然的，學校風評的好壞、特別是升學志願排行榜上的名次高低，便成了最直截了當的選擇標準。這說來跟帝國時代的階級制度一樣不公平！但現實世界還是如此運作的，很抱歉。

於是，身為台灣南方明星高中的學生，我們擁有一個最大的優勢，就是我們看起來以後比較會有前途，媽媽比較願意答應讓自己的女兒跟未來的醫生、律師或電機工程師出去共度周末，因此想要邀什麼學校的女生聯誼幾乎都是無往不利，從高雄女中這樣的明星女校，到各家綜合高中、商職、專科學校，只要一個班級裡配備了一名能言擅道的公關人員，個人身上有點小錢能付公車錢和飲料費，男孩們的課餘時間簡直像活在天堂一般……除非，搞得太過招搖而惹毛了男女合校的學校裡的男生。我隔壁班負責公關的同學，一位又高又帥又白，籃球隊的替補隊員，就在公車站附近被人家堵上，猛揍了一頓。

對於高雄中學的學生來說，還有另一個獨一無二，全國唯一的聯誼優勢，那就是與另一所明星學校「高雄女中」合辦的「雄中雄女聯合大露營」。這個令所有男孩女孩感激涕零的活動創立於一九八四年，以「公民訓練」課程為名，讓雄中雄女的二年級所有學生得以在高雄的澄清湖舉辦兩天一夜的露營活動。無論你多麼害羞、多麼阮囊羞澀、多麼不受同班同學歡迎，奉教育局與學校之正式命令，你都能有跟女生相親相愛之機會。不用說，我也在內心擊掌歡呼，「我終於也有機會了！」殊不知，我青春而開朗的人生，從此有了重大的轉變。

聯合大露營的時間大約是在二年級下學期，前一年就會先由兩校的代表舉行抽籤作業，決定哪一班和哪一班合為一個中隊，彼此稱為「對班」，在正式露營之前，通常就會舉辦五至七人的分組聯誼。跟大學時代的聯誼不同，由於還不能有駕照，無法實行「抽鑰匙」的長途機車郊遊聯誼，所以通常都約在學校附近的速食店見面，吃吃漢堡炸雞，喝喝可樂柳橙汁，聊聊天一類的而已。一旦彼此有點興趣，就會接著上演通信戲碼，然後男孩們會在放學後帶著飲料到雄女校門口，等女孩走出校門，繼續兩人一組的「自強活動」。

不過，這時候帝國時代的階級制度又開始啟動了，由於本班屬於「第一類組」，也就是未來要考文科的學生，通常被視為成績較差，前途受限，屬於此階級制度的底層，（考醫生的第三類組是最高層，考電機工程師的第二類組是中層）我們的對班從頭到尾都是一副沒什麼興趣的樣子，別人都聯誼好幾次了，我們才獲得唯一一次的機會。

「咦，那個某某某怎麼沒來？」一位女孩劈頭便說，「不是說他會來嗎？」

長得白淨如明星的某某某熱愛戲劇與舞蹈，在女孩那邊有些名氣，他不屑來參加這種小型聯誼，也讓這次聯誼一開始就陷入無話可聊的地步。還有更慘的，當時的我是非常有名的書呆子，也就是屬於底層中的賤民，在整段難熬的時間裡，我默默而深富耐心地吃完了難得吃到的日式炸雞與大杯可樂，去上廁所時，聽到一位皮膚有些黝黑，但身材高䠷漂亮的女孩對另一位女孩說：「他長得好醜，這樣也敢來？」

我想，那裡頭長得最醜的應該是我沒錯。

到了露營當天中午，女孩們心不甘情不願地遵守傳統，來我們的營地一起生火煮飯。當然，女孩們不可能真的動手，而我的同學差不多都擺出「我長得還不錯，所以煮飯這事就交給下人們」或是「我很會聊天打屁，書呆子得靠我才有機會跟女生說話」的臉色，於是我和另外一兩位書呆子便默默而深富耐心地煮了一頓相當難入口的午餐，大家都紛紛吐掉，改吃土司麵包夾烤肉三明治。

但是沒關係，這只是一時的挫敗，所謂「雄中雄女聯合大露營」的中心思想、核心價值、光榮時刻就是「夜間聯誼」！我知道的，這是所有人最期待的，等到晚上，經過那些漫長而假裝有趣的趣味競賽、營火晚會表演和第一次牽手跳土風舞之後，當女孩們遵守傳統來我們的帳篷裡聊天談心時，我想我可以稍微發揮一下我的文采，唸幾首席慕蓉、鄭愁予的詩，或是談談文學的深奧性，我相信雄女的女孩們一定會懂的，我不只是個普通的書呆子而已，我跟其他只會讀課本的書呆子並不一樣。

那晚，大約十點左右，一個曾經參加那次分組聯誼的女孩來了。她東張西望了一陣子，有點無奈地問我說：「請問你們這一組的某某某在嗎？」

「呃……他不在耶。」我說，「有什麼事嗎？」

「喔，我有同學想問他的電話。你有嗎？」

我查了一下通訊錄，抄給她。

「喔，謝謝。」女孩說。

「那個……妳們要來聊天嗎？」

「啊……今天太累了，大家都回帳篷睡覺了耶，下次聯誼再約吧，byebye。」

「喔，好吧，byebye。」

於是就這樣結束了我這一生的雄中雄女聯合大露營。

不過，還有後話。

第二天一早集合排隊時，我遇見某某某。我告訴他，昨晚有人來問他的電話。

「喔，我知道啊。」他有點睡眠不足地說，「後來我有去她們帳篷聊天，一直聊到三點多才回來，本來她們還不放我走耶！嘖。」

從此之後，我再也不（願）相信，要過一個青春而開朗的人生，有任何聯誼之必要了。

環島

一提起台灣環島旅行的風潮，一定就會想到《練習曲》這部影響深遠的電影。電影的內容演些什麼，只要上網去查一下便十分明白了，不過話說回來，也並不是有什麼特別深刻的內容，我記得我和女友自電影院走出來時，還相當抱怨地說，這電影沒有拍出台灣最美的地方，沒法子深深地觸動我的想像。

而且坦白說有些場景設計，實在像極了觀光局委託拍攝的「台灣旅遊之美」或「傳統民俗介紹」的宣傳片。至於在傳達人物情感方面，也充滿刻板印象，一邊覺得台灣的景色確實有美麗之處，心情愉悅的時候，另一邊卻是某些演員定型又誇大的演出，不禁讓人懷疑這到底是哪裡出了問題？

在同一部電影裡，姑且不論內容與形式的意義為何，單是純粹感受性的標準居然可以相差這麼多，好像是一邊做得很好了，也盡力去做了，不過另一邊卻乾脆算了，放棄好了。

所以我當時在女友面前，信誓旦旦地斷言，這片大概會很慘淡地下檔。

「你的眼光向來很不準。」女友沒什麼興趣地看著我說，「你這個只會讀書的書呆子懂什麼。」

「其實妳才什麼也不懂！」我在心裡這樣反駁著，但是沒有膽子立刻說出口。那天，我想邀請她來我家過夜。

不過我想，我的確有資格對這片子指摘一番，因為《練習曲》於二〇〇七年上檔的十五年前，（距今則有二十一年）也就是我唸大學二年級升三年級的暑假，已經完成了個人的機車環島旅行。

那時候，我唸的學校還沒有網路設備，幾乎也完全不看電視，每天除了唸哲學、美術史以及暗戀女生之外，究竟世界上有什麼有趣的事情正在發生，我一無所知，既沒有什麼流行風潮可以跟，也沒什麼一定要做的事情得做。

放暑假不久，我先從高雄騎機車去墾丁，（也就是《海角七號》拍攝的地方，距離高雄約有一百多公里）然後繞過台灣的最南端，一直騎到一個叫「佳樂水」的地方，公路斷了沒辦法再騎。

回頭騎回高雄，在家裡過了一夜，再次往台北前進。

到達嘉義時，我去拜訪了我所暗戀女孩的家，一個醫生世家的美麗女兒，彈得一手好鋼琴。我永遠記得她見到我時驚訝又尷尬的表情，那一瞬間我就知道自己不該來的。不過她仍然相當好心地請我進去坐了一會兒，醫生娘還切了盤水梨請我吃，那水梨之甜，跟我心底淚水之苦，剛好成了清晰的對比。

在某個沿海小鎮過夜之後一路向北，經過苗栗三義路段時先是闖進濃霧，接著又遇到狂風大雨，雨衣裡完全浸泡著流動的洪水，只能夠緊盯前方車子的黯淡紅色後照燈前進，才不至於衝出馬路外。掙扎著抵達台北後，車子送去機車行保養換機油，人則回到大學宿舍睡覺。

隔天我繼續上路，走一路爬高的北橫公路前往東部，途中腳煞車的煞車盤磨損破裂，一踩下去就會卡死，彈不回來，只得靠手煞車撐過山路。

我騎上拉拉山，騎過只有一人寬的山徑，一側是下降百來公尺的斷崖，另一側是粗糙山壁，最後在一家農戶的曬衣場上搭帳篷過夜。下山後則在仁澤溫泉旁紮營，清晨來溫泉煮蛋的觀光客好奇地拉開我的帳篷，探看究竟是怎麼回事。

然後沿濱海公路狂飆，先騎到太魯閣於天主教會所住了一晚，下山經過花蓮玉里的三阿姨家，然後在台東長濱鄉的一家小旅館過夜。不知道為什麼，這家由一對老夫婦經營的小旅館的黑板上，用黃色粉筆寫著一首首色情打油詩。而小旅館對面的一棟小屋，則是我已過世的爺爺曾經開門行醫的地方。

許多年前，他刻意離開我們這些煩人親戚，住到這個與他的生命毫無關係的僻遠之處。

最後，我騎到台東的最南端，發現公路也是斷的。

其實我知道這裡會是斷的，地圖上以虛線代表這公路，表示此段尚未築成。而對面，就是「佳樂水」。

我從機車下來，看著遠處斷裂的路面，心想終究沒有完成我的環島旅行。

我也想著磨損破裂的煞車盤，想著離親索居的爺爺、小旅館的黃色打油詩，想著面露尷尬表情的美麗女孩，和那種只有青春時代，才會感受到的傷害。

當然，正如同所有人知道的事實證明，女友說的完全正確，這片子大概是這幾年來台灣最具影響力的電影，甚至比台灣電影史上最賣座的《海角七號》影響更大。

首先，它使得腳踏車廠商賣出了空前數量的腳踏車。騎腳踏車從一般交通工具的使用，一躍成為講究樂活態度、懂得慢活品味的象徵，同時還符合環保減碳的訴求，於是可以在這裡頭賺到錢的人，全部都大賺了一筆。

其次，這片子強化了台灣鄉土思潮，特別是將年輕人眼光從已經開始覺得百般無聊的城市，吸引到鄉村小鎮之中。不過，影響年輕人最大的，應該是將「環島旅行」這個具體的，帶有些許冒險的行為發展成一種「成年禮觀念」，透過傳播媒體的炒作與商業運行，深深地種植到年輕人的心裡，有點像是未成年原住民必須獵殺山豬以證明自己能夠身為勇士，或是您得殺掉某個無辜傢伙，才能加入街頭幫派一樣。

不對，不只是年輕人，這觀念如此發達，連許多大人也認為自己該再歷經一次「成年禮」，才算了卻一樁人生心願。（好像有誰對不起自己似的）

不用說，這行為與觀念的轉換之間有一個有效的催化劑，那就是片子裡「有些事現在不做，一輩子都不會做了。」這段台詞。而我想，這段台詞多半是從蔣經國推行台灣十大建設，備受官僚與既得利益者阻撓之際所說的這句：「今天不做，明天就後悔。」改造而來的。

你大概發現了，像這樣的句子裡，都有一種不可以逆轉，不容質疑的語氣。有種「從這裡開始，便不能回頭了。」的肯定感。你可以看見「現在」與「一輩子」的巨大差別，「今天」與「明天」的完全決裂——一旦成年了，你就永遠也不可能再一次「未成年」。

所以雖然乍聽之下，「有些事現在不做，一輩子都不會做了。」是個感性無比的句子，事實上跟「今天不做，明天就後悔。」的權威式語氣沒什麼不同，話說到頂，跟法律條文中規定未成年人與成年人權利義務之截然差別，不也是一樣的嗎？

我不太喜歡聽到有人用這種語氣跟我說話，因為人生最終不會做的事情太多了，不做這事，總是可以去做別的事，要是一一去後悔的話，就什麼事也沒空做了。

對現在的年輕人來說，這種成年禮歷程似乎是種普遍性的存在了，既有電視節目、部落格、同好組織，也有網路討論版，居然還有單位會頒發「環島證書」，你還沒有去環島之前，差不多就已經知道環島是怎麼回事了，好像自己早就跟誰一起去做過了一般。

我去環島的時候，則比較像是從事一件孤獨、不足為外人道的祕密行動，少數曾經去環島過的學長或朋友，都不太分享彼此的經驗，彷彿連一點驕傲或成就感都沒有，偶爾有人問了，才像是一副沒什麼好多談的表情地承認。事實上，問話的人通常也沒多大興趣就是了。

「學長，暑假去哪玩了？」

「環島。」

「喔，很累吧。」

「嗯……還好。」

就像這樣。

我也是這樣，在《練習曲》爆紅，而且為了要讓女友覺得我很厲害才不得不說出來之前，幾乎都要忘了這事了。

最後要說的是，我去環島時騎的是機車，並沒有迎合上這股清新、健康又有氣質的騎腳踏車風潮。不過，若是你有機會來台灣環島旅行的話，我建議不妨先申請好國際機車駕照。依照我的經驗，台灣有許多地方光靠走路太累，騎腳踏車太辛苦，也很危險，而汽車則是完全開不進去。

機車環島能抵達最多你想抵達之處，我想是最好的選擇。

跨年

不知道中國是不是這樣，在台灣，當我們說「跨年」的時候，幾乎百分之九十九指的是跨過西洋人的新年，因此所謂的跨年活動，也都是發生在這個時候。按照華人社會傳統的觀念來說，（不管是在哪一個國度）這種新年實在是沒什麼趣味，不過是很普通的前一天與後一天的差別而已，並沒有一元復始萬象更新，三陽開泰家畜興旺的感覺。也不想放沖天炮，唉，一點也不想對著路邊的蠢小孩發射沖天炮，也不想對著狗丟水鴛鴦（一種便宜鞭炮，往水裡丟也會炸）的新年，再怎麼說都不能稱之為新年吧。所以直到上大學之前，這新年唯一的好處，就是會多放兩天假，讓我們能多花點時間準備期末考試罷了。等上了大學，到這新年時，才開始有些花樣。

大學生的跨年活動基本上可分為兩種，一種是室外型，一種自然就是室內型。室外型指的是「跨年聯誼夜遊」，其實就是一般日常假日的「聯誼夜遊」加上應景的「跨年」而已。聯誼的部分我在前幾期寫過了，不再贅述，至於新年部分有何不同呢，通常指的是「夜遊目的地」較為特別一點。為了讓新年的概念「邏輯性」地融入聯誼夜遊之中，那麼「去看台灣新年第一道日出」就是最終能推論出來的邏輯性結果，所以目的地一定是在海邊或山頂，號稱能夠看見「台灣新年第一道日出」的地方，包括淡水、陽明山、合歡山、玉山、東北角、台東太麻里、綠島、墾丁等等。這些地方，有的機車旅遊可達，有的得長途跋涉，樂趣各不相同，不過你一定一眼就看出來，這算哪門子能看見「台灣新年第一道日出」的地方，一點也不是靠邏輯推論得到的結果，完全只是挑選星光美氣氛佳，適合男女大學生談情說愛的場所而已。

至於室內型，則很容易了解。不同的科系或社團會舉辦「跨年晚會」或「跨年舞會」，會場準備一些零食小點心，同學們準備些表演活動，彈吉他、唱歌。錢比較多的，做些輸出海報看板，請人來系館裡搭設基本的霓虹燈光與音響設備，跳舞的時候，看起來有點舞廳的樣子。沒什麼錢的，像我以前參加的文學性社團，頂多就是在茶藝館裡訂個包廂，一人一百元，就能猛喝甜得跟純糖水沒兩樣的雞尾酒，聊聊誰寫了新小說、讀了什麼新詩一類的。

但這都是過去老掉牙的事情了，不分男女老少，如今全台灣最夯的跨年活動，不用說就是去看台北一〇一大樓的煙火！只有四分鐘不到的煙火表演，每年都能吸引五十萬人到現場跨年，一起喊「Happy New Year」。

首先，當天一早警察就進駐信義商圈各路口巷道，捷運站內指揮人員爆增、地下道出入口標示出醫護急救通道。便利商店亦開始備戰，店內原有的貨架布置全部撤掉改裝，大量進貨擺上當晚最賣的幾樣東西，像是瓶裝水、飲料、零食、暖暖包、雨具、電池等等。而原本應該是趕忙上班的人潮，逐漸被學生模樣的年輕人所滲透取代，他們開始一群一群占據最佳的觀賞攝影地點，近中午時分，台北市政府前傳出麥克風試音的聲響，然後就是一連串流行音樂透過大型喇叭轟隆隆地傳出來，那是跨年晚會的排演，搞得附近的公司行號都沒法專心上班。時間越晚，人潮當然越多，周圍馬路、天橋全塞滿了人，架滿了攝影機。晚上九點左右，最接近一〇一的市政府捷運站差不多已經癱瘓掉了，呼吸開始變得困難，有人昏倒得送醫急救。在捷運站裡，其實你不太需要走路，因為可能連腳可以踩到地面的空間都沒有，自然會有人將你推著往前往後移動，你完全失去了自主的能力。

我向來討厭去擠這些東西，但女朋友卻非常熱中，於是某一年我們也去湊了一次熱鬧。我們離信義商圈四個捷運站之遠便出了站，打算用走的走到一〇一附近。與我們懷抱相同看法的人不少，於是整條大馬路全部都是人潮，跟電影《2012》一樣，準備去搶搭中國製的諾亞方舟。其實我們有個朋友在一〇一正對面有間房子，邀我們去她家陽台看煙火，美景一覽無遺，所以雖然馬路上人潮洶湧讓我不舒服，但一想到可以在她家一邊喝紅酒，一邊看煙火，一邊嘲笑馬路上那些擁擠而無特權的蟻族，我就覺得很開心。但你知道的，我這個人一向沒什麼好事好說。

我和女朋友整整花了兩個小時走路，就是無法靠近朋友家的大樓，一再繞路也繞不出人群。眼看再過半小時，煙火就要施放了，我趕緊打電話給朋友，希望她能來解救我們，我知道我們距離不遠了！

不通……完全打不通，連電話都完全癱瘓掉了。我看看女朋友，她露出失望的表情，最後我們只好停下來不走了，就地欣賞一〇一的煙火。為了討她開心，煙火一放，我就拚命地幫她跟煙火拍照，等我回過神來時，煙火已經結束，我卻連正眼看煙火一眼都沒有，全部都是透過數位相機的觀景螢幕看的。

一〇一煙火秀結束，人潮無法立刻散去，我們又整整走了兩個小時，才像是從殭屍四處盤據的街頭中掙脫，招到一輛計程車回家。在車上，女朋友累得不想跟我說話，我打開數位相機，想讓她看看我幫她跟煙火拍的合照，或許她會開心一些……

不幸的，在所有我拍的相片裡，她的臉若不是一團漆黑，就是被卡去一半，只露出半個鼻子跟嘴。而且，一張漂亮的煙火也沒拍成，全部都是濃濃的白煙，帶點火光自一〇一大樓上頭冒出來，像是正在鬧火災似的。

從此之後，我和女朋友便再也沒去擠過任何事情。跨年夜，我們就早點在外頭吃完晚餐，乖乖回家洗好澡，舒舒服服窩在沙發上，打開電視看一〇一煙火，然後親吻，互道「新年快樂」。

後記

討朋友開心的手工紀念品

某天我暗自在心裡決定：「從今天開始，我要認真地成為一個小說家。」之後，就很少主動寫其他文類的作品。因為要一邊去上班一邊寫作，能夠空出來的時間實在太少了，所以只能專心做一件事情，一有空寫作的話，只能全部想著小說的事情，各種細節不厭其煩地考慮，自然沒辦法去鍛鍊現代詩或是散文等等的寫法。年輕一點的時候，熱中於嘗試不同的寫作方式，不用說什麼都會寫一點，大學時代甚至一度想要成為純粹的詩人，但現在已經完全不行了，畢竟是截然不同的東西，就像跑馬拉松跟四百公尺跨欄的差異度，疏於練習這麼久的狀況下，我已經不可能成為詩人或者是散文家了。

那麼，總還是會有人來找我寫跟小說無關的東西的時候怎麼辦呢？各式各樣的感想、序文、推薦、專欄或是書評，我當然很高興人家願意來找我寫，只要答應了也一定會想好好寫，可是怎麼辦呢，雖然知道「合適的」文體應該是什麼樣子，卻沒辦法寫出來，就算花時間一一思考、整修，也會十分勉強。於是我想，（也有些偷懶）要做這樣勉強自己性格與技術不足的事情，不如乾脆地只寫自己會寫的東西就好了，因此就像您在這本書裡讀到的，這書從文章類型與組成形式上來看，必定會被歸類為「散文集」，不過我實在很心虛將這樣的作品跟真正的「散文」放在同一個籃子裡。

因為與其說是寫文章給陌生的讀者讀，不如說是在挑擅長的聊天題材，就像是隔天不用上班的日子，在居酒屋或是小酒館裡，跟熟悉的朋友說話。酒喝到了稍微臉有點熱熱的程度，但是還不打算結束，又追加了一兩道小菜比較安心，忽然開始沒頭沒腦地轉換成自己喜歡的話題，所以像「陳芳明的笑點很低」、「我喜歡打小孩」這樣的開頭也敢大剌剌地寫，接下去想到什麼就說什麼，不管對方跟不跟得上，有沒有興趣，是不是該回家了，心裡想是好朋友的緣故，所以讓自己放肆一點，說得遠一點沒關係，人家多少會寬容對待，並不會暴怒痛打我一頓，頂多唸個兩句：「飯可以亂吃，話可不能亂說啊！」而且不管我最後寫得怎麼樣，文章的樣子有多麼奇怪，我總有個藉口可以說：「這是身為小說家的我，盡可能誠實地表達自我的結果。」

收錄在這本書裡的文章，其實最接近日常的我如何看人、如何想事情、如何讀書、如何厚臉皮地自言自語……文章本身不太有光滑精緻的文學氛圍，比較像是特別從寫小說緩出手來，熬夜製作討朋友開心的簡單手工紀念品，若以歸類為散文集的範疇來說，這是缺乏這方面高深技巧的我所能做到的，基本上應該是相當好懂的文章，無論是道理或是心意，「因為我想坦坦白白地告訴您我想說的一切」，也希望您能從這當中，感受到像生菜沙拉般的新鮮趣味與日常的溫柔。至於太複雜的事情，還是留給小說吧。

作家日常

作者　王聰威

總編輯　陳郁馨
主編　陳瓊如
繪圖　陳宛昀
排版　宸遠彩藝

社長　郭重興
發行人兼出版總監　曾大福
出版　木馬文化事業股份有限公司
發行　遠足文化事業股份有限公司
地址　231新北市新店區民權路108-2號9樓
電話　(02)2218-1417
傳真　(02)2218-1009
Email　service@sinobooks.com.tw
木馬部落格　http://blog.roodo.com/ecus2005
木馬臉書粉絲團　http://www.facebook.com/ecusbook
郵撥帳號　19588272 木馬文化事業股份有限公司
客服專線　0800-221-029
法律顧問　華洋國際專利商標事務所　蘇文生律師
印刷　呈靖印刷股份有限公司
二版一刷　2018 年 01 月

定價　300 元

國家圖書館出版品預行編目

作家日常 / 王聰威著 . -- 二版 . -- 新北市 : 木馬文化出版 :
遠足文化發行 , 2018.01
　面；　公分
ISBN 978-986-359-491-8(平裝)

855　　106024568